AF198028

Tucholsky Wagner Zola Scott Sydow Freud Schlegel
Turgenev Wallace Fonatne

Twain Walther von der Vogelweide Fouqué Friedrich II. von Preußen
Weber Freiligrath Frey

Fechner Weiße Rose von Fallersleben Kant Ernst Frommel
Fichte Richthofen

Engels Fielding Hölderlin
Fehrs Faber Flaubert Eichendorff Tacitus Dumas

Feuerbach Maximilian I. von Habsburg Fock Eliasberg Ebner Eschenbach
Ewald Eliot Zweig Vergil

Goethe Elisabeth von Österreich London
Mendelssohn Balzac Shakespeare
Lichtenberg Rathenau Dostojewski Ganghofer
Trackl Stevenson Hambruch Doyle Gjellerup
Mommsen Tolstoi Lenz Droste-Hülshoff
Thoma Hanrieder

Dach Verne von Arnim Hägele Hauff Humboldt
Reuter
Karrillon Garschin Rousseau Hagen Hauptmann Gautier
Damaschke Defoe Hebbel Baudelaire
Descartes Hegel Kussmaul Herder

Wolfram von Eschenbach Dickens Schopenhauer
Bronner Darwin Melville Grimm Jerome Rilke George
Campe Horváth Aristoteles Bebel Proust
Bismarck Vigny Barlach Voltaire Federer Herodot
Gengenbach Heine

Storm Casanova Tersteegen Gilm Grillparzer Georgy
Chamberlain Lessing Langbein Gryphius
Brentano Lafontaine
Strachwitz Claudius Schiller Kralik Iffland Sokrates
Katharina II. von Rußland Bellamy Schilling
Gerstäcker Raabe Gibbon Tschechow

Löns Hesse Hoffmann Gogol Wilde Vulpius
Luther Heym Hofmannsthal Klee Hölty Morgenstern Gleim
Roth Heyse Klopstock Kleist Goedicke
Luxemburg Puschkin Homer
La Roche Horaz Mörike Musil
Machiavelli Kierkegaard Kraft Kraus
Navarra Aurel Musset
Nestroy Marie de France Lamprecht Kind Kirchhoff Hugo Moltke

Nietzsche Nansen Laotse Ipsen Liebknecht
Marx Ringelnatz
von Ossietzky Lassalle Gorki Klett Leibniz
May vom Stein Lawrence Irving
Petalozzi
Platon Knigge
Sachs Pückler Michelangelo Kafka
Poe Liebermann Kock
de Sade Praetorius Mistral Zetkin Korolenko

Der Verlag tredition aus Hamburg veröffentlicht in der Reihe **TREDITION CLASSICS** Werke aus mehr als zwei Jahrtausenden. Diese waren zu einem Großteil vergriffen oder nur noch antiquarisch erhältlich.

Symbolfigur für **TREDITION CLASSICS** ist Johannes Gutenberg (1400 — 1468), der Erfinder des Buchdrucks mit Metalllettern und der Druckerpresse.

Mit der Buchreihe **TREDITION CLASSICS** verfolgt tredition das Ziel, tausende Klassiker der Weltliteratur verschiedener Sprachen wieder als gedruckte Bücher aufzulegen – und das weltweit!

Die Buchreihe dient zur Bewahrung der Literatur und Förderung der Kultur. Sie trägt so dazu bei, dass viele tausend Werke nicht in Vergessenheit geraten.

Kurze Prosastücke

Adelbert von Chamisso

Impressum

Autor: Adelbert von Chamisso
Umschlagkonzept: toepferschumann, Berlin

Verlag: tredition GmbH, Hamburg
ISBN: 978-3-8495-2844-7
Printed in Germany

Adelberts Fabel

1806

Adelbert merkte, als er erwachte, er müsse lange geschlafen haben; er rieb sich die Augen, die sich nicht recht dem Lichte öffnen wollten, und den Kopf, der ihm ganz wüste war; er besann sich endlich doch der Absicht, die er gehabt hatte: auf die weite, mühselige Wanderung auszugehen, um die Welt zu erschauen, sich selbst in ihr, sodann nachzudenken und zu begreifen, falls er's vermöchte; denn diese Dinge reizten ihn. Er sah den weißen Wanderstab neben sich liegen, wollte den ergreifen, sich aufraffen und unverdrossen weiterziehen; aber der Winter war angebrochen, und es war kalt; es hatte gefroren während seines Schlafes, und so fand er, daß sein Stab und seine Kleider und er selbst fest angefroren waren an dem Boden, so daß er sich nicht zu regen vermochte; die Hände nur, die auf seiner Brust geruht hatten, waren ihm frei geblieben. Durch die Zweige des Baumes, unter dem er lag, die nackt waren und ihres grünen Schmuckes beraubt, ging ein düsterer Nebelwind, daß sie unholden Klanges aneinander rauschten; – es ist doch seltsam, dachte Adelbert, und er schlummerte wieder ein.

Adelbert schlummerte ein und ward wach und schlummerte wieder und ermunterte sich aufs neue; hinter ihm – er lag gegen Norden hingestreckt – ging die Sonne auf und ging nieder, und es wechselten die Monde, und die Jahre vergingen: er aber lag immer noch fest angefroren an dem Boden, und über seinem Haupte rauschten blätterlos die dürren, windgeschlagenen Äste des Baumes. – Auch hatten sich rings um ihn, so weit er sehen konnte, Mauern aus Eis getürmt, die ihn umfingen und sich eng und enger um ihn drängten, gleich Mauern eines Kerkers, eines Grabes. Es ist doch seltsam, dachte Adelbert, und eine Beschwerde auf der Reise; und er dachte viel Törichtes, und wenig, das es nicht war; wie es denn manchem auf seiner Reise zu gehen pflegt.

Er dachte: man muß die Notwendigkeit männlich ertragen, und murren gegen das Verhängte ist töricht. Gibt es einmal Gott, daß es Tauwetter werde, so erlang ich vielleicht wohl einmal noch meine Freiheit wieder und setze dann meine Reise fort und benutze klug, was ich alles sehe; und unter solchen Gedanken pflegt' er jedesmal wieder einzuschlafen.

Er war durch gründliches Nachforschen, zu dem er auch vollkommen Zeit hatte, nun dahintergekommen, wie das Wesen des Winters so sehr bösartig sei, und er hegte einen herben Haß gegen den Frost. Die einzige Lust, die er übrigens genoß, war, durch die Eisrinde, die ihn umschloß, zu den Sternen hinzuschauen, wann sie am nächtlichen Himmel prangten, und an dem ruhigen Kreislauf des himmlischen Wagens um den Polarstern lernt' er nach Zeiten erkennen, wann wiederum ein Jahr verstrichen war.

Da er eines Mittags zum ruhigen Nachdenken die Augen geschlossen hatte und sodann entschlummert war, ward ihm, wie er die Augen wieder aufschloß, eine wundersame Erscheinung. Es stand vor ihm da in herrlicher Größe eine hohe weibliche Gestalt, nicht aber einem irdischen Weibe zu vergleichen. Sie schien in Schmerz versunken; mit langem Trauergewande war sie angetan, und ihr schwarzes Haar floß in nächtlichen Wellen von ihrer leuchtenden Stirne über ihr Antlitz herab zu den regen Lilien ihrer Brüste und umgoß ihre schönen Glieder. Sie teilte mit einer Hand die Locken vor ihren Augen, und er sah ihr in das Angesicht; sein Herz erbebte in seiner Brust. Sie schritt näher zu ihm und neigte sich über ihn und heftete die ernsten Blicke ihrer finster flammenden Augen auf seine Blicke: sie sprach geheimnisreich die mächtigen Klänge ihres nichtirdischen Namens aus, wie nicht Töne von Menschenzungen sie nachzusprechen vermögen; dann schnitt sie und nahm mit sich fort eine Locke von seinem Haupte und warf auf ihn eine Locke von ihrem eignen Haar, die sie durch einen Ring zog, den sie von ihrem Finger streifte; dann ward sie durch eine strenge Macht von ihm entfernt, und ihr ward ein Schweigensschleier übergeworfen, und sie hüllte sich in den Schleier, und, häufig rückwärts blickend nach ihm, wallte sie rasch nach Norden hin.

Umsonst raffte Adelbert, der besinnungslos und erstarrt lag, wie das Eis selbst, das ihn hielt, schnell seine Lebensgeister zusammen und schrie ihr nach, flehend um Erbarmen, und weinte laut und streckte seine Hände nach ihr – sie war entrückt, und es standen nur noch vor ihm da die düstern, kalten Eismauern, die ihn umfingen. – Er vergoß viele Tränen, steckte den Ring an seinen Finger, die Locke auf seine Brust, und nachdem er sein Herz gesättigt mit seinen Tränen, entschlummerte er wieder aufs neue. Aber auch den Träumen seines Schlafes erschien das wundervolle Bild des Weibes und quälte Adelberten mit Blicken, Schweigen und Entweichen; er erwachte und überdachte wieder das seltsame Ereignis und schlummerte wieder ein, um zu träumen von dem Weibe. – Sein Herz war zu ihr entbrannt in Liebe, und er fühlte, sie sei ihm und seinem Schicksal alles. Er flehte zu ihr mit Inbrunst und hoffte und glaubte nur von ihr Rettung von seiner Pein und seiner Schmach. – Aber ihm erschien keine Rettung– also hielt er noch viele Monden aus. –

Endlich besann er sich eines Nützlicheren. Er hub an, den Ring mit angestrengtem Fleiße zu betrachten, welchen er annoch nur geküßt und an sein Herz gedrückt hatte, ob nicht etwa Zeichen in diesen Talisman eingegraben wären, und er wurde wirklich eingegrabene Zeichen an dem Ring gewahr – noch aber konnte er sie nicht lesen, es fehlte ihm das Verständnis.

Die Deutung nun der Zeichen zu erforschen, waren alle seine Geisteskräfte geschäftig rege, und er versuchte es angestrengt und unermüdet auf allen Wegen und ward schlummerlos; noch zwar, so schien es, wollte ihm das Werk nicht gelingen; aber er verzweifelte nicht, er weinte nur Tränen der Seelenangst.

Und in einer Nacht, da er wieder das wunderbare Bild geträumt und scharf es angeschaut, da fuhr es wie ein Blitzstrahl durch seine Seele; er zog rasch den Ring hervor, und beim Schimmer des Polarsternes, der heller leuchtete, las er leicht und schnell das mächtige Wort: ΘΕΛΕΙΝ. Θέλειν! Wollen also? »Sei's! Ich will's!« rief er mit Macht aus und sprang im Zorn auf, und die Bande des Eises, die ihn gehalten, waren zerschellt worden, leicht und rasch, wie ein Gedanke fleugt. – Er ergriff seinen Wanderstab: auch den gab das Eis willig los. – Itzt erhob sich die Sonne im Osten und übergoß mit blutigem Scheine die Wände des eisigen Burgverließes, in dem er, sich umschauend, bemerkte zu sein. Er steckte den Ring an den Zeigefinger seiner Rechten und ballte die Faust und schritt zu der östlichen Wand und tat einen gewaltigen Schlag, und mit donnerndem Schall erkrachte und stürzte zusammen das starre Gebäude und lag in Trümmern um ihn. Und also stand er da und überblickte nur einmal noch die Merkmale seiner langen Schmach und weinte nicht und lachte auch nicht auf, sondern er war ruhig ernst, bereit, Liebe im Busen, Kraft in den Gliedern, die vorgehabte Wanderung anzutreten.

Und die Sonne erhob sich flammend zu ihrem Mittage, und plötzlich schmolzen vor ihren Blicken die zerstreuten Trümmer der Eisburg. Da schwang sich ungestüm um Adelbert der Quell des lebendigen Wassers und umkreiste ihn in wilder, wirbelnder Strömung; da ward um ihn entfaltet ein unabsehbares Meer, das brandend aufbrauste mit drohendem Getöne, und die Wellen, die rings sich türmten, schienen im Zorne gegen ihn erregt, sich ineinander reißen zu wollen, auf daß sie ihn verschlängen. – Und ein Sturm erhob sich vom Meere mit entgegenstreitenden Winden, die alle Wolken über sein Haupt häuften. Er stand allein inmitten der Schrecken.

Und ein Windstoß stürmte zu ihm heran, daß er ihn niederwerfe – er stand fest – mit seinen Kleidern nur spielte der Sturm; aber die geheimnisvolle Locke, die er in seinem Busen verwahrte, ward ihm entrissen, und der Wind trieb sie über die Flut hin. Da warf er sich beherzt in die drohende Flut, und siehe! sanft ward er von den Wogen getragen, vor ihm ebnete sich das Meer und legten sich die getürmten Wellen, die Orkane schwiegen vor seinem Nahen, und nur ein milder Hauch des Windes trieb ihn der windgetragenen Locke nach, die er mit unermüdlichem Auge verfolgte, ringend selber sie zu erreichen. Aber aus der dunkeln Locke erblühte vor seinen Blicken die ambrosische Gestalt selbst des geheimnisvollen verschleierten Weibes, die geflügelten Fußes und nicht berührend die Flut dahinwallte vor dem Strebenden, lenkend gegen Norden und gegen Süden und gegen Westen seine eifernde Verfolgung.

Also vollbracht er viel des Weges; es war aber keine Zeit, die Sonne stand am südlichen Himmel; im Norden glänzte ernst und hell der Polarstern; die Rötin Aurora prangte im Osten, und im Westen waren ergossen die reichsten Gluten des Abends. Die Gestirne ordneten sich am Firmament zu wunderbaren Schicksalsfiguren; Azur war die Luft und Azur das Gewässer, dessen Schaum Rosen waren und Schmerzensblumen.

Und nach ungemessenem, langem, beharrendem Bestreben sah er die flüchtige schwebende Gestalt zu einem Lande, das zwischen Norden und Süden mit hohen Gebirgen erschien, ihren Flug lenken, und sie schaute nun häufiger und mit seltsameren Blicken nach ihm zurück. Und er spannte seine Kräfte mehr an und schlug zum Schwimmen das Wasser mit erhöhter Macht, und nun wallte das Bild über das Ufer dahin und erhob sich zu dem Gebirge; auch Adelbert erreichte das Land, und sein Fuß ruhete auf dem Festen; er begann den Lauf zu den Gebirgen hinan, immer verfolgend. Hinter ihm empörte sich die Flut, und landeinwärts verfolgte ihn die drohende Brandung; die stürmischen Wellen brachen sich hinter seinen Fersen und riefen ihn mit Drohen und mit Klagen. Er schaute nur vor sich hin nach dem flüchtigen Ziele. Das führte ihn in ein Bergtal, das mehr und mehr sich vor ihm engte und dessen überhängende Felsenwände das Getöse der steigenden Brandung donnernd nachhallten: und die Gestalt war jetzt vor ihm verschwunden. Das Tal, worin er war, endigte in einen jähen Felsspalt, an dessen Eingange er nun stand. Verfolgt vom Meere, preßte er sich in diese enge Pforte und befand sich in einem unterirdischen, lichtlosen Gange, und es drang kein Klang mehr zu seinem Ohr: das Herz ergrauste ihm in dem Busen.

Er verfolgte lange mit Beharrlichkeit diesen Pfad und harrte, getaucht in Finsternis, mutig vorwärts dringend, des Ausgangs. Und tiefer abwärts neigte sich der Gang, und immer nach der Tiefe zu führte er ihn, und er schien in unendliche Tiefe hinab sich zu senken.

Er war auf diese Weise lange hinabgestiegen, als ein fernes Leuchten durch die Finsternis zu dämmern anfing; da erweiterten sich die Felswände, und der Gang wölbte sich höher über seinem Haupte; ferne Harmonien bewegten leise die Luft; er atmete freier und verdoppelte den Schritt, immer vorwärts dringend; und hell und heller ward es vor ihm und tönender; aber zu dem Quell des Zentrums, dem er nahte, zu gelangen, mußt er noch lange und zu unermeßlicher Tiefe hinabsteigen.

Da spähte er wundersame Gesichte! in unübersehbarem, unterirdischem Geschoß waren Webestühle ohne Zahl, an deren jeglichem zwo sich gleiche Gestalten im Gegenkampfe woben. Nur dies waren ihre Zeichen, daß man sie unterscheide: die einen trugen Karfunkel auf ihren Häuptern, die ihnen widerstreitenden aber eiserne Kronen, und wie die Macht von jenen siegend obwaltete, ward auch erhöhet die Helle des Steines, den sie trugen, und einzig den Steinen entquoll die Lichtluft dieses Fabelreiches, durch welche mächtige Harmonien wogten.

Aber die Weberinnen an dem Webstuhle, dem er am nächsten war, erkannte er wohl, wie er sie schaute, und wie jenes wunderbare Weib waren sie, in Schmerz versunken, mit langem Trauergewande angetan, und das schwarze Haar ergossen von der leuchtenden Stirne über das Antlitz herab zu den regen Lilien der Brüste und den schönen Gliedern. Die eine trug den Karfunkel, die eiserne Krone die andere; beide hefteten ernst die Augen auf ihn, Licht blickend jene, und diese Finsternis, und sie rangen angestrengt und woben: und er trat zu dem Webstuhle und schaute, und das Gewebe, das sie woben, war – sein eignes Leben.

»Ich habe euch erkannt, euch, meine Schicksalsgenien«, rief Adelbert;»Karfunkel du meiner innern Selbstmacht, und du, finstrer Widerstreit der äußern Weltmächte; aber Macht und Helle werden dir, dir köstlichem Karfunkel!«

Es ward ihm die Antwort:»Schaue auf!« dem Aufschauen- den aber ward dies andere Gesicht:

Er sah mitten im Raume, in hehrer Majestät, auf erhabenem Throne einen Alten sitzen; der trug auf seiner Stirn seinen Namen, und dieser Name ist – ob auch tausendzungig anders ausgesprochen: ΑΝΑΓΚΗ. Sein weites Gewand war gestirnter Azur, die Harfe ruhte in seiner Linken, und mit seiner Rechten griff er in die Saiten, denen ewiglich alle Harmonien entquollen. Und wie er in die Saiten griff, bewegten sich die Sterne seines Gewandes und ordneten sich nach seinen Akkorden, und wie sich ordneten die Sterne und wie die Macht war der Akkorde, die er griff, wogte auch der Kampf der webenden Gestalten. Und ihre Bewegungen, ihr Sinken, ihr Steigen und all ihr Weben und aller Glanz, den die Karfunkel sprühten, waren die Töne, die er griff. Aber die gesamten vielfarbigen Gewebe waren vor ihm ein einiges Gewebe, ein Akkord.

Und auf dem Altare vor dem Throne des Alten sah Adelbert die Locke seines Haupthaars mit jener andern Locke vereint; er zog den Ring von seinem Finger, las das Wort, las nun: ΣΥΝΘΕΛΕΙΝ. Er fiel nieder in Anbetung vor dem Throne. Da erwachte er, und er hatte das Antlitz gewendet gegen die in Osten aufsteigende Sonne.

Peter Schlemihls wundersame Geschichte

An meinen alten Freund Peter Schlemihl

Da fällt nun deine Schrift nach vielen Jahren
mir wieder in die Hand, und -wundersam!-
der Zeit gedenk ich, wo wir Freunde waren,
als erst die Welt uns in die Schule nahm.
Ich bin ein alter Mann in grauen Haaren,
ich überwinde schon die falsche Scham,
ich will mich deinen Freund wie ehmals nennen
und mich als solchen vor der Welt bekennen.

Mein armer, armer Freund, es hat der Schlaue
mir nicht, wie dir, so übel mitgespielt;
gestrebet hab ich und gehofft ins Blaue,
und gar am Ende wenig nur erzielt;
doch schwerlich wird berühmen sich der Graue,
daß er mich jemals fest am Schatten hielt;
den Schatten hab ich, der mir angeboren,
ich habe meinen Schatten nie verloren.

Mich traf, obgleich unschuldig wie das Kind,
der Hohn, den sie für deine Blöße hatten-
Ob wir einander denn so ähnlich sind?!-
Sie schrien mir nach: Schlemihl, wo ist dein
Schatten?
Und zeigt ich den, so stellten sie sich blind
und konnten gar zu lachen nicht ermatten.
Was hilft es denn! man trägt es in Geduld,
und ist noch froh, fühlt man sich ohne Schuld.

Und was ist denn der Schatten? möcht ich fragen,
wie man so oft mich selber schon gefragt,
so überschwenglich hoch es anzuschlagen,
wie sich die arge Welt es nicht versagt?
Das gibt sich schon nach neunzehntausend Ta-

gen,
die, Weisheit bringend, über uns getagt;
die wir dem Schatten Wesen sonst verliehen,
sehn Wesen jetzt als Schatten sich verziehen.

Wir geben uns die Hand darauf, Schlemihl,
wir schreiten zu, und lassen es beim alten;
wir kümmern uns um alle Welt nicht viel,
es desto fester mit uns selbst zu halten;
wir gleiten so schon näher unserm Ziel,
ob jene lachten, ob die andern schalten,
nach allen Stürmen wollen wir im Hafen
doch ungestört gesunden Schlafes schlafen.

Berlin, August 1834
Adelbert von Chamisso

An Julius Eduard Hitzig von Adelbert von Chamisso

Du vergissest niemanden, Du wirst Dich noch eines gewissen Peter Schlemihls erinnern, den Du in früheren Jahren ein paarmal bei mir gesehen hast, ein langbeiniger Bursch, den man ungeschickt glaubte, weil er linkisch war, und der wegen seiner Trägheit für faul galt. Ich hatte ihn lieb, – Du kannst nicht vergessen haben, Eduard, wie er uns einmal in unserer grünen Zeit durch die Sonette lief, ich brachte ihn mit auf einen der poetischen Tees, wo er mir noch während des Schreibens einschlief, ohne das Lesen abzuwarten. Nun erinnere ich mich auch eines Witzes, den Du auf ihn machtest. Du hattest ihn nämlich schon, Gott weiß wo und wann, in einer alten schwarzen Kurtka gesehen, die er freilich damals noch immer trug, und sagtest: »der ganze Kerl wäre glücklich zu schätzen, wenn seine Seele nur halb so unsterblich wäre als seine Kurtka.« – So wenig galt er bei Euch. – Ich hatte ihn lieb. – Von diesem Schlemihl nun, den ich seit langen Jahren aus dem Gesicht verloren hatte, rührt das Heft her, das ich Dir mitteilen will. – Dir nur, Eduard, meinem nächsten, innigsten Freunde, meinem beßren Ich, vor dem ich kein Geheimnis verwahren kann, teil ich es mit, nur Dir und, es versteht sich von selbst, unserm Fouqué, gleich Dir in meiner Seele eingewurzelt – aber in ihm teil ich es bloß dem Freunde mit, nicht dem Dichter. – Ihr werdet einsehen, wie unangenehm es mir sein würde, wenn etwa die Beichte, die ein ehrlicher Mann im Vertrauen auf meine Freundschaft und Redlichkeit an meiner Brust ablegt, in einem Dichterwerke an den Pranger geheftet würde, oder nur, wenn überhaupt unheilig verfahren würde, wie mit einem Erzeugnis schlechten Witzes, mit einer Sache, die das nicht ist und sein darf. Freilich muß ich selbst gestehen, daß es um die Geschichte schad ist, die unter des guten Mannes Feder nur albern geworden, daß sie nicht von einer geschickteren fremden Hand in ihrer ganzen komischen Kraft dargestellt werden kann. – Was würde nicht Jean Paul daraus gemacht haben! – Übrigens, lieber Freund, mögen hier manche genannt sein, die noch leben; auch das will beachtet sein. –

Noch ein Wort über die Art, wie diese Blätter an mich gelangt sind. Gestern früh bei meinem Erwachen gab man sie mir ab, – ein wunderlicher Mann, der einen langen, grauen Bart trug, eine ganz abgenützte schwarze Kurtka anhatte, eine botanische Kapsel darüber umgehangen, und bei dem feuchten, regnichten Wetter Pantoffeln über seine Stiefel, hatte sich nach mir erkundigt und dieses für mich hinterlassen; er hatte aus Berlin zu kommen vorgegeben.

Kunersdorf, den 27.September 1813
Adelbert von Chamisso

P.S. Ich lege Dir eine Zeichnung bei, die der kunstreiche Leopold, der eben an seinem Fenster stand, von der auffallenden Erscheinung entworfen hat. Als er den Wert, den ich auf diese Skizze legte, gesehen hat, hat er sie mir gerne geschenkt.

An ebendenselben von Fouqué

Bewahren, lieber Eduard, sollen wir die Geschichte des armen Schlemihl, dergestalt bewahren, daß sie vor Augen, die nicht hineinzusehen haben, beschirmt bleibe. Das ist eine schlimme Aufgabe. Es gibt solcher Augen eine ganze Menge, und welcher Sterbliche kann die Schicksale eines Manuskriptes bestimmen, eines Dinges, das beinah noch schlimmer zu hüten ist als ein gesprochenes Wort. Da mach ich's denn wie ein Schwindelnder, der in der Angst lieber gleich in den Abgrund springt: ich lasse die ganze Geschichte drucken.

Und doch, Eduard, es gibt ernstere und bessere Gründe für mein Benehmen. Es trügt mich alles, oder in unserm lieben Deutschlande schlagen der Herzen viel, die den armen Schlemihl zu verstehen fähig sind und auch wert, und über manch eines echten Landsmannes Gesicht wird bei dem herben Scherz, den das Leben mit ihm, und bei dem arglosen, den er mit sich selbst treibt, ein gerührtes Lächeln ziehn. Und Du, mein Eduard, wenn Du das grundehrliche Buch ansiehst und dabei denkst, daß viele unbekannte Herzensverwandte es mit uns lieben lernen, fühlst auch vielleicht einen Balsamtropfen in die heiße Wunde fallen, die Dir und allen, die Dich lieben, der Tod geschlagen hat.

Und endlich: es gibt – ich habe mich durch mannigfache Erfahrung davon überzeugt – es gibt für die gedruckten Bücher einen Genius, der sie in die rechten Hände bringt und, wenn nicht immer, doch sehr oft die unrechten davon abhält. Auf allen Fall hat er ein unsichtbares Vorhängschloß vor jedwedem echten Geistes- und Gemütswerke und weiß mit einer ganz untrüglichen Geschicklichkeit auf- und zuzuschließen.

Diesem Genius, mein sehr lieber Schlemihl, vertraue ich Dein Lächeln und Deine Tränen an, und somit Gott befohlen!

Nennhausen, Ende Mai 1814
Fouqué

An Fouqué von Hitzig

Da haben wir denn nun die Folgen Deines verzweifelten Ent-
schlusses, die Schlemihlhistorie, die wir als ein bloß uns anvertrau-
tes Geheimnis bewahren sollten, drucken zu lassen, daß sie nicht
allein Franzosen und Engländer, Holländer und Spanier übersetzt,
Amerikaner aber den Engländern nachgedruckt, wie ich dies alles
in meinem »Gelehrten Berlin« des breiteren gemeldet; sondern daß
auch für unser liebes Deutschland eine neue Ausgabe, mit den
Zeichnungen der englischen, die der berühmte Cruikshank nach
dem Leben entworfen, veranstaltet wird, wodurch die Sache un-
streitig noch viel mehr herumkommt. Hielte ich Dich nicht für Dein
eigenmächtiges Verfahren (denn mir hast Du 1814 ja kein Wort von
der Herausgabe des Manuskripts gesagt) hinlänglich dadurch be-
straft, daß unser Chamisso bei seiner Weltumsegelei, in den Jahren
1815 bis 1818, sich gewiß in Chili und Kamtschatka, und wohl gar
bei seinem Freunde, dem seligen Tameiameia auf O-Wahu darüber
beklagt haben wird, so forderte ich auch jetzt öffentlich Rechenschaft darüber von Dir.

Indes – auch hievon abgesehen – geschehn ist geschehn, und
recht hast Du auch darin gehabt, daß viele, viele Befreundete in den
dreizehn verhängnisvollen Jahren, seit es das Licht der Welt erblickte, das Büchlein mit uns liebgewonnen. Nie werde ich die Stunde
vergessen, in welcher ich es Hoffmann zuerst vorlas. Außer sich vor
Vergnügen und Spannung, hing er an meinen Lippen, bis ich vollendet hatte; nicht erwarten konnte er, die persönliche Bekanntschaft
des Dichters zu machen, und, sonst jeder Nachahmung so abhold,
widerstand er doch der Versuchung nicht, die Idee des verlornen
Schattens in seiner Erzählung:»Die Abenteuer der Silvesternacht«,
durch das verlorne Spiegelbild des Erasmus Spikher, ziemlich unglücklich zu variieren. Ja – unter die Kinder hat sich unsre wundersame Historie ihre Bahn zu brechen gewußt; denn als ich einst an
einem hellen Winterabend mit ihrem Erzähler die Burgstraße hin-
aufging und er einen über ihn lachenden, auf der Glitschbahn be-
schäftigten Jungen unter seinen Dir wohlbekannten Bärenmäntel
nahm und fortschleppte, hielt dieser ganz stille; da er aber wieder
auf den Boden niedergesetzt war und in gehöriger Ferne von den,

als ob nichts geschehen wäre, weiter Gegangenen, rief er mit lauter Stimme seinem Räuber nach:»Warte nur, Peter Schlemihl!«

So, denke ich, wird der ehrliche Kauz auch in seinem neuen, zierlichen Gewande viele erfreuen, die ihn in der einfachen Kurtka von 1814 nicht gesehen; diesen und jenen aber es außerdem noch überraschend sein, in dem botanisierenden, weltumschiffenden, ehemals wohlbestallten königlich preußischen Offizier, auch Historiographen des berühmten Peter Schlemihl, nebenher einen Lyriker kennenzulernen, der, er möge malaiische oder litauische Weisen anstimmen, überall dartut, daß er das poetische Herz auf der rechten Stelle hat.

Darum, lieber Fouqué, sei Dir am Ende denn doch noch herzlich gedankt für die Veranstaltung der ersten Ausgabe, und empfange mit unsern Freunden meinen Glückwunsch zu dieser zweiten.

Berlin, im Januar 1827
Eduard Hitzig

Peter Schlemihls wundersame Geschichte

1

Nach einer glücklichen, jedoch für mich sehr beschwerlichen See-
fahrt erreichten wir endlich den Hafen. Sobald ich mit dem Boote
ans Land kam, belud ich mich selbst mit meiner kleinen Habselig-
keit, und durch das wimmelnde Volk mich drängend, ging ich in
das nächste, geringste Haus hinein, vor welchem ich ein Schild
hängen sah. Ich begehrte ein Zimmer, der Hausknecht maß mich
mit einem Blick und führte mich unters Dach. Ich ließ mir frisches
Wasser geben und genau beschreiben, wo ich den Herrn Thomas
John aufzusuchen habe. – »Vor dem Nordertor, das erste Landhaus
zur rechten Hand, ein großes, neues Haus, von rot und weißem
Marmor mit vielen Säulen.« Gut. – Es war noch früh an der Zeit, ich
schnürte sogleich mein Bündel auf, nahm meinen neu gewandten
schwarzen Rock heraus, zog mich reinlich an in meine besten Kleider, steckte das Empfehlungsschreiben zu mir und setzte mich alsbald auf den Weg zu dem Manne, der mir bei meinen bescheidenen
Hoffnungen förderlich sein sollte.

Nachdem ich die lange Norderstraße hinaufgestiegen und das
Tor erreicht, sah ich bald die Säulen durch das Grüne schimmern. –
»Also hier«, dacht ich. Ich wischte den Staub von meinen Füßen mit
meinem Schnupftuch ab, setzte mein Halstuch in Ordnung und zog
in Gottes Namen die Klingel. Die Tür sprang auf. Auf dem Flur hatt
ich ein Verhör zu bestehen; der Portier ließ mich aber anmelden,
und ich hatte die Ehre, in den Park gerufen zu werden, wo Herr
John – mit einer kleinen Gesellschaft sich erging. Ich erkannte gleich
den Mann am Glanze seiner wohlbeleibten Selbstzufriedenheit. Er
empfing mich sehr gut – wie ein Reicher einen armen Teufel, wandte sich sogar gegen mich, ohne sich jedoch von der übrigen Gesellschaft abzuwenden, und nahm mir den dargehaltenen Brief aus der
Hand. – »So, so, von meinem Bruder; ich habe lange nichts von ihm
gehört. Er ist doch gesund? – Dort«, fuhr er gegen die Gesellschaft
fort, ohne die Antwort zu erwarten, und wies mit dem Brief auf
einen Hügel, »dort laß ich das neue Gebäude aufführen.« Er brach
das Siegel auf und das Gespräch nicht ab, das sich auf den Reichtum lenkte. »Wer nicht Herr ist wenigstens einer Million«, warf er

hinein, »der ist, man verzeihe mir das Wort, ein Schuft!« – »O wie wahr!« rief ich aus, mit vollem, überströmendem Gefühl. Das mußte ihm gefallen; er lächelte mich an und sagte: »Bleiben Sie hier, lieber Freund, nachher hab ich vielleicht Zeit, Ihnen zu sagen, was ich hiezu denke«, er deutete auf den Brief, den er sodann einsteckte, und wandte sich wieder zu der Gesellschaft. – Er bot einer jungen Dame den Arm, andere Herren bemühten sich um andere Schönen, es fand sich, was sich paßte, und man wallte dem rosenumblühten Hügel zu.

Ich schlich hinterher, ohne jemandem beschwerlich zu fallen; denn keine Seele bekümmerte sich weiter um mich. Die Gesellschaft war sehr aufgeräumt, es ward getändelt und gescherzt, man sprach zuweilen von leichtsinnigen Dingen wichtig, von wichtigen öfters leichtsinnig, und gemächlich erging besonders der Witz über abwesende Freunde und deren Verhältnisse. Ich war da zu fremd, um von alledem vieles zu verstehen, zu bekümmert und in mich gekehrt, um den Sinn auf solche Rätsel zu haben.

Wir hatten den Rosenhain erreicht. Die schöne Fanny, wie es schien, die Herrin des Tages, wollte aus Eigensinn einen blühenden Zweig selbst brechen; sie verletzte sich an einem Dorn, und wie von den dunkeln Rosen floß Purpur auf ihre zarte Hand. Dieses Ereignis brachte die ganze Gesellschaft in Bewegung. Es wurde Englisch Pflaster gesucht. Ein stiller, dünner, hagrer, länglichter, ältlicher Mann, der neben mitging und den ich noch nicht bemerkt hatte, steckte sogleich die Hand in die knapp anliegende Schoßtasche seines altfränkischen, grautaffetnen Rockes, brachte eine kleine Brieftasche daraus hervor, öffnete sie und reichte der Dame mit devoter Verbeugung das Verlangte. Sie empfing es ohne Aufmerksamkeit für den Geber und ohne Dank; die Wunde ward verbunden, und man ging weiter den Hügel hinan, von dessen Rücken man die weite Aussicht über das grüne Labyrinth des Parkes nach dem unermeßlichen Ozean genießen wollte.

Der Anblick war wirklich groß und herrlich. Ein lichter Punkt erschien am Horizont zwischen der dunkeln Flut und der Bläue des Himmels. »Ein Fernrohr her!« rief John, und noch bevor das auf den Ruf erscheinende Dienervolk in Bewegung kam, hatte der graue Mann, bescheiden sich verneigend, die Hand schon in die Rocktasche gesteckt, daraus einen schönen Dollond hervorgezogen und es dem Herrn John eingehändigt. Dieser, es sogleich an das Aug bringend, benachrichtigte die Gesellschaft, es sei das Schiff, das gestern ausgelaufen, und das widrige Winde im Angesicht des Hafens zurückehielten. Das Fernrohr ging von Hand zu Hand und nicht wieder in die des Eigentümers; ich aber sah verwundert den Mann an und wußte nicht, wie die große Maschine aus der winzigen Tasche herausgekommen war; es schien aber niemandem aufgefallen zu sein, und man bekümmerte sich nicht mehr um den grauen Mann als um mich selber.

Erfrischungen wurden gereicht, das seltenste Obst aller Zonen in den kostbarsten Gefäßen. Herr John machte die Honneurs mit leichtem Anstand und richtete da zum zweitenmal ein Wort an mich: »Essen Sie nur, das haben Sie auf der See nicht gehabt.« Ich verbeugte mich; aber er sah es nicht, er sprach schon mit jemand anderem.

Man hätte sich gern auf den Rasen am Abhange des Hügels der ausgespannten Landschaft gegenüber gelagert, hätte man die Feuchtigkeit der Erde nicht gescheut. Es wäre göttlich, meinte wer aus der Gesellschaft, wenn man türkische Teppiche hätte, sie hier auszubreiten. Der Wunsch war nicht sobald ausgesprochen, als schon der Mann im grauen Rock die Hand in der Tasche hatte und mit bescheidener, ja demütiger Gebärde einen reichen, golddurchwirkten türkischen Teppich daraus zu ziehen bemüht war. Bediente nahmen ihn in Empfang, als müsse es so sein, und entfalteten ihn am begehrten Orte. Die Gesellschaft nahm ohne Umstände Platz darauf; ich wiederum sah betroffen den Mann, die Tasche, den Teppich an, der über zwanzig Schritte in der Länge und zehn in der Breite maß, und rieb mir die Augen, nicht wissend, was ich dazu denken sollte, besonders, da niemand etwas Merkwürdiges darin fand.

Ich hätte gern Aufschluß über den Mann gehabt und gefragt, wer er sei, nur wußt ich nicht, an wen ich mich richten sollte; denn ich fürchtete mich fast noch mehr vor den Herren Bedienten als vor den bedienten Herren. Ich faßte endlich ein Herz und trat an einen jungen Mann heran, der mir von minderem Ansehen schien als die andern und der öfter allein gestanden hatte. Ich bat ihn leise, mir zu sagen, wer der gefällige Mann sei dort im grauen Kleide. –»Dieser, der wie ein Ende Zwirn aussieht, der einem Schneider aus der Nadel entlaufen ist?«

–»Ja, der allein steht.«–»Den kenn ich nicht«, gab er mir zur Antwort, und, wie es schien, eine längere Unterhaltung mit mir zu vermeiden, wandt er sich weg und sprach von gleichgiltigen Dingen mit einem andern.

Die Sonne fing jetzt stärker zu scheinen an und ward den Damen beschwerlich; die schöne Fanny richtete nachlässig an den grauen Mann, den, soviel ich weiß, noch niemand angeredet hatte, die leichtsinnige Frage, ob er nicht auch vielleicht ein Zelt bei sich habe. Er beantwortete sie durch eine so tiefe Verbeugung, als widerführe ihm eine unverdiente Ehre, und hatte schon die Hand in der Tasche, aus der ich Zeuge, Stangen, Schnüre, Eisenwerk, kurz alles, was zu dem prachtvollsten Lustzelt gehört, herauskommen sah. Die jungen Herren halfen es ausspannen, und es überhing die ganze Ausdehnung des Teppichs – und keiner fand noch etwas Außerordentliches darin. –

Mir war schon lang unheimlich, ja graulich zumute; wie ward mir vollends, als beim nächst ausgesprochenen Wunsch ich ihn noch aus seiner Tasche drei Reitpferde, ich sage dir, drei schöne, große Rappen mit Sattel und Zeug, herausziehen sah! – denke dir, um Gottes willen, drei gesattelte Pferde noch aus derselben Tasche, woraus schon eine Brieftasche, ein Fernrohr, ein gewirkter Teppich, zwanzig Schritte lang und zehn breit, ein Lustzelt von derselben Größe und alle dazugehörigen Stangen und Eisen herausgekommen waren! – Wenn ich dir nicht beteuerte, es selbst mit eigenen Augen angesehen zu haben, würdest du es gewiß nicht glauben. – So verlegen und demütig der Mann selbst zu sein schien, so wenig Aufmerksamkeit ihm auch die andern schenkten, so ward mir doch seine blasse Erscheinung, von der ich kein Auge abwenden konnte, so schauerlich, daß ich sie nicht länger ertragen konnte.

Ich beschloß, mich aus der Gesellschaft zu stehlen, was bei der unbedeutenden Rolle, die ich darinnen spielte, mir ein leichtes schien. Ich wollte nach der Stadt zurückkehren, am andern Morgen mein Glück beim Herrn John wieder versuchen und, wenn ich den

Mut dazu fände, ihn über den seltsamen grauen Mann befragen. –
Wäre es mir nur so zu entkommen geglückt!

Ich hatte mich schon wirklich durch den Rosenhain, den Hügel
hinab, glücklich geschlichen und befand mich auf einem freien Ra-
senplatz, als ich aus Furcht, außer den Wegen durchs Gras gehend
angetroffen zu werden, einen forschenden Blick um mich warf. –
Wie erschrak ich, als ich den Mann im grauen Rock hinter mir her
und auf mich zukommen sah. Er nahm sogleich den Hut vor mir ab
und verneigte sich so tief, als noch niemand vor mir getan hatte. Es
war kein Zweifel, er wollte mich anreden, und ich konnte, ohne
grob zu sein, es nicht vermeiden. Ich nahm den Hut auch ab, verneigte mich wieder und stand da in der Sonne mit bloßem Haupt
wie angewurzelt. Ich sah ihn voller Furcht stier an und war wie ein
Vogel, den eine Schlange gebannt hat. Er selber schien sehr verlegen
zu sein; er hob den Blick nicht auf, verbeugte sich zu verschiedenen
Malen, trat näher und redete mich an mit leiser, unsicherer Stimme,
ungefähr im Tone eines Bettelnden.

»Möge der Herr meine Zudringlichkeit entschuldigen, wenn ich
es wage, ihn so unbekannterweise aufzusuchen, ich habe eine Bitte
an ihn. Vergönnen Sie gnädigst –« – »Aber um Gottes willen, mein
Herr«, brach ich in meiner Angst aus, »was kann ich für einen Mann
tun, der –«, wir stutzten beide und wurden, wie mir deucht, rot.

Er nahm nach einem Augenblick des Schweigens wieder das
Wort:»Während der kurzen Zeit, wo ich das Glück genoß, mich in
Ihrer Nähe zu befinden, hab ich, mein Herr, einige Male – erlauben
Sie, daß ich es Ihnen sage – wirklich mit unaussprechlicher Bewun-
derung den schönen, schönen Schat- ten betrachten können, den Sie
in der Sonne, und gleichsam mit einer gewissen edlen Verachtung,
ohne selbst darauf zu merken, von sich werfen, den herrlichen
Schatten da zu Ihren- Füßen. Verzeihen Sie mir die freilich kühne
Zumutung. Sollten Sie sich wohl nicht abgeneigt finden, mir diesen
Ihren Schatten zu überlassen?«

Er schwieg, und mir ging's wie ein Mühlrad im Kopfe herum.
Was sollt ich aus dem seltsamen Antrag machen, mir meinen Schatten abzukaufen? Er muß verrückt sein, dacht ich, und mit veränder-
tem Tone, der zu der Demut des seinigen besser paßte, erwiderte
ich also:»Ei, ei, guter Freund, habet Ihr denn nicht an Eurem eignen

Schatten genug? Das heiß ich mir einen Handel von einer ganz absonderlichen Sorte.« Er fiel sogleich wieder ein:»Ich habe in meiner Tasche manches, was dem Herrn nicht ganz unwert scheinen möchte; für diesen unschätzbaren Schatten halt ich den höchsten Preis zu gering.«

Nun überfiel es mich wieder kalt, da ich an die Tasche erinnert ward, und ich wußte nicht, wie ich ihn hatte guter Freund nennen können. Ich nahm wieder das Wort und suchte es womöglich mit unendlicher Höflichkeit wiedergutzumachen.

»Aber, mein Herr, verzeihen Sie Ihrem untertänigsten Knecht. Ich verstehe wohl Ihre Meinung nicht ganz gut; wie könnt ich nur meinen Schatten – –« Er unterbrach mich:»Ich erbitte mir nur Dero Erlaubnis, hier auf der Stelle diesen edlen Schatten aufheben zu dürfen und zu mir zu stecken; wie ich das mache, sei meine Sorge. Dagegen als Beweis meiner Erkenntlichkeit gegen den Herrn überlasse ich ihm die Wahl unter allen Kleinodien, die ich in der Tasche bei mir führe: die echte Springwurzel, die Alraunwurzel, Wechselpfennige, Raubtaler, das Tellertuch von Rolands Knappen, ein Galgenmännlein zu beliebigem Preis; doch das wird wohl nichts für Sie sein: besser Fortunati Wünschhütlein, neu und haltbar wieder restauriert; auch ein Glückssäckel, wie der seine gewesen.« –»Fortunati Glückssäckel«, fiel ich ihm in die Rede, und wie groß meine Angst auch war, hatte er mit dem einen Wort meinen ganzen Sinn gefangen. Ich bekam einen Schwindel, und es flimmerte mir wie doppelte Dukaten vor den Augen. –

»Belieben gnädigst der Herr, diesen Säckel zu besichtigen und zu erproben.«»Er steckte die Hand in die Tasche und zog einen mäßig großen, festgenähten Beutel von starkem Korduanleder an zwei tüchtigen ledernen Schnüren heraus und händigte mir selbigen ein. Ich griff hinein und zog zehn Goldstücke daraus, und wieder zehn, und wieder zehn, und wieder zehn; ich hielt ihm schnell die Hand hin:»Topp! der Handel gilt; für den Beutel haben Sie meinen Schatten.« Er schlug ein, kniete dann ungesäumt vor mir nieder, und mit einer bewundernswürdigen Geschicklichkeit sah ich ihn meinen Schatten, vom Kopf bis zu meinen Füßen, leise von dem Grase lösen, aufheben, zusammenrollen und falten und zuletzt einstecken. Er stand auf, verbeugte sich noch einmal vor mir und zog sich dann nach dem Rosengebüsche zurück. Mich dünkt, ich hörte ihn da leise für sich lachen. Ich aber hielt den Beutel bei den Schnüren fest; rund um mich her war die Erde sonnenhell, und in mir war noch keine Besinnung.

2

Ich kam endlich wieder zu Sinnen und eilte, diesen Ort zu verlassen, wo ich hoffentlich nichts mehr zu tun hatte. Ich füllte erst meine Taschen mit Gold, dann band ich mir die Schnüre des Beutels um den Hals fest und verbarg ihn selbst auf meiner Brust. Ich kam unbeachtet aus dem Park, erreichte die Landstraße und nahm meinen Weg nach der Stadt. Wie ich in Gedanken dem Tore zuging, hört ich hinter mir schreien: »Junger Herr! he! junger Herr! Hören Sie doch!« – Ich sah mich um, ein altes Weib rief mir nach: »Sehe sich der Herr doch vor, Sie haben Ihren Schatten verloren.« – »Danke, Mütterchen!« Ich warf ihr ein Goldstück für den wohlgemeinten Rat hin und trat unter die Bäume.

Am Tore mußt ich gleich wieder von der Schildwacht hören: »Wo hat der Herr seinen Schatten gelassen?« und gleich wieder darauf von ein paar Frauen: »Jesus Maria! der arme Mensch hat keinen Schatten!« Das fing an, mich zu verdrießen, und ich vermied sehr sorgfältig, in die Sonne zu treten. Das ging aber nicht überall an, zum Beispiel nicht über die Breite Straße, die ich zunächst durchkreuzen mußte, und zwar zu meinem Unheil in eben der Stunde, wo die Knaben aus der Schule gingen. Ein verdammter buckeliger Schlingel, ich seh ihn noch, hatte es gleich weg, daß mir ein Schatten fehle. Er verriet mich mit großem Geschrei der sämtlichen literarischen Straßenjugend der Vorstadt, welche sofort mich zu rezensieren und mit Kot zu bewerfen anfing: »Ordentliche Leute pflegten ihren Schatten mit sich zu nehmen, wenn sie in die Sonne gingen.« Um sie von mir abzuwehren, warf ich Gold zu vollen Händen unter sie und sprang in einen Mietswagen, zu dem mir mitleidige Seelen verhalfen.

Sobald ich mich in der rollenden Kutsche allein fand, fing ich bitterlich an zu weinen. Es mußte schon die Ahnung in mir aufsteigen: daß, um so viel das Gold auf Erden Verdienst und Tugend überwiegt, um so viel der Schatten höher als selbst das Gold geschätzt

werde; und wie ich früher den Reichtum meinem Gewissen aufge-
opfert, hatte ich jetzt den Schatten für bloßes Gold hingegeben; was
konnte, was sollte auf Erden aus mir werden!

Ich war noch sehr verstört, als der Wagen vor meinem alten
Wirtshause hielt; ich erschrak über die Vorstellung, nur noch jenes
schlechte Dachzimmer zu betreten. Ich ließ mir meine Sachen her-
abholen, empfing den ärmlichen Bündel mit Verachtung, warf einige Goldstücke hin und befahl, vor das vornehmste Hotel vorzufah-
ren. Das Haus war gegen Norden gelegen; ich hatte die Sonne nicht
zu fürchten. Ich schickte den Kutscher mit Gold weg, ließ mir die
besten Zimmer vorn heraus anweisen und verschloß mich darin,
sobald ich konnte.

Was denkest du, das ich nun anfing? – O mein lieber Chamisso,
selbst vor dir es zu gestehen, macht mich erröten. Ich zog den unglücklichen Säckel aus meiner Brust hervor, und mit einer Art Wut,
die wie eine flackernde Feuersbrunst sich in mir durch sich selbst
mehrte, zog ich Gold daraus, und Gold, und Gold, und immer mehr
Gold, und streute es auf den Estrich und schritt darüber hin und
ließ es klirren und warf, mein armes Herz an dem Glänze, an dem
Klange weidend, immer des Metalles mehr zu dem Metalle, bis ich
ermüdet selbst auf das reiche Lager sank und schwelgend darin
wühlte, mich darüber wälzte. So verging der Tag, der Abend; ich
schloß meine Tür nicht auf, die Nacht fand mich liegend auf dem
Golde, und darauf übermannte mich der Schlaf.

Da träumt es mir von dir; es ward mir, als stünde ich hinter der
Glastüre deines kleinen Zimmers und sähe dich von da an deinem
Arbeitstische zwischen einem Skelett und einem Bunde getrockne-
ter Pflanzen sitzen; vor dir waren Haller, Humboldt und Linné
aufgeschlagen, auf deinem Sofa lagen ein Band Goethe und der
»Zauberring«; ich betrachtete dich lange und jedes Ding in deiner
Stube und dann dich wieder; du rührtest dich aber nicht, du holtest
auch nicht Atem, du warst tot. Ich erwachte. Es schien noch sehr
früh zu sein. Meine Uhr stand. Ich war wie zerschlagen, durstig und
hungrig auch noch; ich hatte seit dem vorigen Morgen nichts geges-
sen. Ich stieß von mir mit Unwillen und Überdruß dieses Gold, an
dem ich kurz vorher mein törichtes Herz gesättigt; nun wußt ich
verdrießlich nicht, was ich damit anfangen sollte. Es durfte nicht so

liegenbleiben – ich versuchte, ob es der Beutel wieder verschlingen wollte – Nein. Keines meiner Fenster öffnete sich über die See. Ich mußte mich bequemen, es mühsam und mit saurem Schweiß zu einem großen Schrank, der in einem Kabinett stand, zu schleppen und es darin zu verpacken. Ich ließ nur einige Handvoll da liegen. Nachdem ich mit der Arbeit fertig geworden, legt ich mich erschöpft in einen Lehnstuhl und erwartete, daß sich Leute im Hause zu regen anfingen. Ich ließ, sobald es möglich war, zu essen bringen und den Wirt zu mir kommen.

Ich besprach mit diesem Manne die künftige Einrichtung meines Hauses. Er empfahl mir für den näheren Dienst um meine Person einen gewissen Bendel, dessen treue und verständige Physiognomie mich gleich gewann. Derselbe war's, dessen Anhänglichkeit mich seither tröstend durch das Elend des Lebens begleitete und mir mein düstres Los ertragen half. Ich brachte den ganzen Tag auf meinen Zimmern mit herrenlosen Knechten, Schustern, Schneidern und Kaufleuten zu, ich richtete mich ein und kaufte besonders sehr viele Kostbarkeiten und Edelsteine, um nur etwas des vielen aufgespeicherten Goldes loszuwerden; es schien mir aber gar nicht, als könne der Haufen sich vermindern.

Ich schwebte indes über meinen Zustand in den ängstigendsten Zweifeln. Ich wagte keinen Schritt aus meiner Tür und ließ abends vierzig Wachskerzen in meinem Saal anzünden, bevor ich aus dem Dunkel herauskam. Ich gedachte mit Grauen des fürchterlichen Auftrittes mit den Schulknaben. Ich beschloß, so viel Mut ich auch dazu bedurfte, die öffentliche Meinung noch einmal zu prüfen. – Die Nächte waren zu der Zeit mondhell. Abends spät warf ich einen weiten Mantel um, drückte mir den Hut tief in die Augen und schlich, zitternd wie ein Verbrecher, aus dem Hause. Erst auf einem entlegenen Platz trat ich aus dem Schatten der Häuser, in deren Schutz ich soweit gekommen war, an das Mondeslicht hervor, gefaßt, mein Schicksal aus dem Munde der Vorübergehenden zu vernehmen.

Erspare mir, lieber Freund, die schmerzliche Wiederholung alles dessen, was ich erdulden mußte. Die Frauen bezeugten oft das tiefste Mitleid, das ich ihnen einflößte; Äußerungen, die mir die Seele nicht minder durchbohrten als der Hohn der Jugend und die hochmütige Verachtung der Männer, besonders solcher dicken, wohlbeleibten, die selbst einen breiten Schatten warfen. Ein schönes, holdes Mädchen, die, wie es schien, ihre Eltern begleitete, indem diese bedächtig nur vor ihre Füße sahen, wandte von ungefähr ihr leuchtendes Auge auf mich; sie erschrak sichtbarlich, da sie meine Schattenlosigkeit bemerkte, verhüllte ihr schönes Antlitz in ihren Schleier, ließ den Kopf sinken und ging lautlos vorüber.

Ich ertrug es länger nicht. Salzige Ströme brachen aus meinen Augen, und mit durchschnittenem Herzen zog ich mich schwankend ins Dunkel zurück. Ich mußte mich an den Häusern halten, um meine Schritte zu sichern, und erreichte langsam und spät meine Wohnung.

Ich brachte die Nacht schlaflos zu. Am ändern Tage war meine erste Sorge, nach dem Manne im grauen Rock überall suchen zu lassen. Vielleicht sollte es mir gelingen, ihn wieder zu finden, und wie glücklich! wenn ihn, wie mich, der törichte Handel gereuen sollte. Ich ließ Bendel vor mich kommen, er schien Gewandtheit und Geschick zu besitzen; – ich schilderte ihm genau den Mann, in dessen Besitz ein Schatz sich befand, ohne den der mir das Leben nur eine Qual sei. Ich sagte ihm die Zeit, den Ort, wo ich ihn gesehen, beschrieb ihm alle, die zugegen gewesen, und fügte dieses Zeichen noch hinzu: Er solle sich nach einem Dollondschen Fernrohr, nach einem golddurch- wirkten türkischen Teppich, nach einem Prachtlustzelt und endlich nach den schwarzen Reithengsten genau erkundigen, deren Geschichte, ohne zu bestimmen wie, mit der des rätselhaften Mannes zusammenhinge, welcher allen unbedeutend geschienen und dessen Erscheinung die Ruhe und das Glück meines Lebens zerstört hatte.

Wie ich ausgeredet, holt ich Gold her, eine Last, wie ich sie nur zu tragen vermochte, und legte Edelsteine und Juwelen noch hinzu für einen größeren Wert.»Bendel«, sprach ich,»dieses ebnet viele Wege und macht vieles leicht, was unmöglich schien; sei nicht karg damit, wie ich es nicht bin, sondern geh und erfreue deinen Herrn mit Nachrichten, auf denen seine alleinige Hoffnung beruht.«

Er ging. Spät kam er und traurig zurück. Keiner von den Leuten des Herrn John, keiner von seinen Gästen – er hatte alle gesprochen – wußte sich nur entfernt an den Mann im grauen Rocke zu erin-

nern. Der neue Teleskop war da, und keiner wußte, wo er hergekommen; der Teppich, das Zelt waren da noch auf demselben Hügel ausgebreitet und aufgeschlagen, die Knechte rühmten den
Reichtum ihres Herrn, und keiner wußte, von wannen diese neuen
Kostbar- keiten ihm zugekommen. Er selbst hatte sein Wohlgefallen
daran, und ihn kümmerte es nicht, daß er nicht wisse, woher er sie
habe; die Pferde hatten die jungen Herren, die sie geritten, in ihren
Ställen, und sie priesen die Freigebigkeit des Herrn John, der sie
ihnen an jenem Tage geschenkt. So viel erhellte aus der ausführli-
chen Erzählung Bendels, dessen rascher Eifer und verständige Führung auch bei so fruchtlosem Erfolge mein verdientes Lob erhielten.
Ich winkte ihm düster, mich allein zu lassen.

»Ich habe«, hob er wieder an, »meinem Herrn Bericht abgestattet
über die Angelegenheit, die ihm am wichtigsten war. Mir bleibt
noch ein Auftrag auszurichten, den mir heute früh jemand gegeben,
welchem ich vor der Tür begegnete, da ich zu dem Geschäfte ausging, wo ich so unglücklich gewesen. Die eigenen Worte des Mannes waren: ›Sagen Sie dem Herrn Peter Schlemihl, er würde mich
hier nicht mehr sehen, da ich übers Meer gehe und ein günstiger
Wind mich soeben nach dem Hafen ruft. Aber über Jahr und Tag
werde ich die Ehre haben, ihn selber aufzusuchen und ein anderes,
ihm dann vielleicht annehmliches Geschäft vorzuschlagen. Empfeh-
len Sie mich ihm untertänigst und versichern ihn meines Dankes.‹
Ich frug ihn, wer er wäre, er sagte aber, Sie kennten ihn schon.«

»Wie sah der Mann aus?« rief ich voller Ahnung. Und Bendel beschrieb mir den Mann im grauen Rocke Zug für Zug, Wort für
Wort, wie er getreu in seiner vorigen Erzählung des Mannes er-
wähnt, nach dem er sich erkundigt. –

»Unglücklicher!« schrie ich händeringend, »das war er ja selbst!«,
und ihm fiel es wie Schuppen von den Augen. – »Ja, er war es, war
es wirklich!« rief er erschreckt aus, »und ich Verblendeter, Blödsin-
niger habe ihn nicht erkannt, ihn nicht erkannt und meinen Herrn
verraten!«

Er brach, heiß weinend, in die bittersten Vorwürfe gegen sich selber aus, und die Verzweiflung, in der er war, mußte mir selber Mit-
leiden einflößen. Ich sprach ihm Trost ein, versicherte ihn wiederholt, ich setzte keinen Zweifel in seine Treue, und schickte ihn als-

bald nach dem Hafen, um womöglich die Spuren des seltsamen Mannes zu verfolgen. Aber an diesem selben Morgen waren sehr viele Schiffe, die widrige Winde im Hafen zurückgehalten, ausgelaufen, alle nach andern Weltstrichen, alle nach andern Küsten bestimmt, und der graue Mann war spurlos wie ein Schatten verschwunden.

Was hülfen Flügel dem in eisernen Ketten fest Angeschmiedeten? Er müßte dennoch, und schrecklicher, verzweifeln. Ich lag, wie Faffner bei seinem Hort, fern von jedem menschlichen Zuspruch, bei meinem Golde darbend, aber ich hatte nicht das Herz nach ihm, sondern ich fluchte ihm, um dessentwillen ich mich von allem Leben abgeschnitten sah. Bei mir allein mein düstres Geheimnis hegend, fürchtete ich mich vor dem letzten meiner Knechte, den ich zugleich beneiden mußte; denn er hatte einen Schatten, er durfte sich sehen lassen in der Sonne. Ich vertrauerte einsam in meinen Zimmern die Tag und Nächte, und Gram zehrte an meinem Herzen.

Noch einer härmte sich unter meinen Augen ab; mein treuer Bendel hörte nicht auf, sich mit stillen Vorwürfen zu martern, daß er das Zutrauen seines gütigen Herrn betrogen und jenen nicht erkannt, nach dem er ausgeschickt war und mit dem er mein trauriges Schicksal in enger Verflechtung denken mußte. Ich aber konnte ihm keine Schuld geben; ich erkannte in dem Ereignis die fabelhafte Natur des Unbekannten.

Nichts unversucht zu lassen, schickt ich einst Bendel mit einem kostbaren brillantenen Ring zu dem berühmtesten Maler der Stadt, den ich, mich zu besuchen, einladen ließ. Er kam, ich entfernte meine Leute, verschloß die Tür, setzte mich zu dem Mann, und nachdem ich seine Kunst gepriesen, kam ich mit schwerem Herzen zur Sache; ich ließ ihn zuvor das strengste Geheimnis geloben.

»Herr Professor«», fuhr ich fort, »könnten Sie wohl einem Menschen, der auf die unglücklichste Weise von der Welt um seinen Schatten gekommen ist, einen falschen Schatten malen?« – –»Sie meinen einen Schlagschatten?« – »Den mein ich allerdings.« – »Aber«, frug er mich weiter, »durch welche Ungeschicklichkeit, durch welche Nachlässigkeit konnte er denn seinen Schlagschatten verlieren?« – »Wie es kam«, erwiderte ich »mag nun sehr gleichgültig sein; doch soviel«, log ich ihm unverschämt vor: »In Rußland, wo er im vorigen Winter eine Reise tat, fror ihm einmal bei einer außerordentlichen Kälte sein Schatten dergestalt am Boden fest, daß er ihn nicht wieder losbekommen konnte.«»Der falsche Schlagschatten, den ich ihm malen könnte«, erwiderte der Professor, »würde doch nur ein solcher sein, den er bei der leisesten Bewegung wieder verlieren müßte – zumal wer an dem eignen angebornen Schatten so wenig festhing, als aus Ihrer Erzählung selbst sich abnehmen läßt; wer keinen Schatten hat, gehe nicht in die Sonne, das ist das Vernünftigste und Sicherste.« Er stand auf und entfernte sich, indem er auf mich einen durchbohrenden Blick warf, den der meine nicht ertragen konnte. Ich sank in meinen Sessel zurück und verhüllte mein Gesicht in meine Hände.

So fand mich noch Bendel, als er hereintrat. Er sah den Schmerz seines Herrn und wollte sich still, ehrerbietig zurückziehen. – Ich blickte auf – ich erlag unter der Last meines Kummers, ich mußte ihn mitteilen. »Bendel«, rief ich ihm zu, »Bendel! du Einziger, der du meine Leiden siehst und ehrst, sie nicht erforschen zu wollen, sondern still und fromm mitzufühlen scheinst, komm zu mir, Bendel, und sei der Nächste meinem Herzen. Die Schätze meines Goldes hab ich vor dir nicht verschlossen, nicht verschließen will ich vor dir die Schätze meines Grames. – Bendel, verlasse mich nicht. Bendel, du siehst mich reich, freigebig, gütig; du wähnst, es sollte die Welt mich verherrlichen, und du siehst mich die Welt fliehn und mich vor ihr verschließen. Bendel, sie hat gerichtet, die Welt, und mich verstoßen, und auch du vielleicht wirst dich von mir wenden, wenn du mein schreckliches Geheimnis erfährst: Bendel, ich bin reich, freigebig, gütig, aber – o Gott! – ich habe keinen Schatten!« »Keinen Schatten?« rief der gute Junge erschreckt aus, und die hellen Tränen stürzten ihm aus den Augen. – »Weh mir, daß ich geboren ward, einem schattenlosen Herrn zu dienen!« Er schwieg, und ich hielt mein Gesicht in meinen Händen. –

»Bendel«, setzt ich spät und zitternd hinzu, »nun hast du mein Vertrauen, nun kannst du es verraten. Geh hin und zeuge wider mich.« – Er schien in schwerem Kampfe mit sich selber; endlich stürzte er vor mir nieder und ergriff meine Hand, die er mit seinen Tränen benetzte. »Nein«, rief er aus, »»was die Welt auch meine, ich kann und werde um Schattens willen meinen gütigen Herrn nicht verlassen, ich werde recht und nicht klug handeln, ich werde bei

Ihnen bleiben, Ihnen meinen Schatten borgen, Ihnen helfen, wo ich kann, und wo ich nicht kann, mit Ihnen weinen.« Ich fiel ihm um den Hals, ob solcher ungewohnten Gesinnung staunend; denn ich war von ihm überzeugt, daß er es nicht um Gold tat.

Seitdem änderten sich in etwas mein Schicksal und meine Lebensweise. Es ist unbeschreiblich, wie vorsorglich Bendel mein Gebrechen zu verhehlen wußte. Überall war er vor mir und mit mir, alles vorhersehend, Anstalten treffend, und wo Gefahr unversehens drohte, mich schnell mit seinem Schatten überdeckend, denn er war größer und stärker als ich. So wagt ich mich wieder unter die Menschen und begann eine Rolle in der Welt zu spielen. Ich mußte freilich viele Eigenheiten und Launen scheinbar annehmen. Solche stehen aber dem Reichen gut, und solange die Wahrheit nur verborgen blieb, genoß ich aller der Ehre und Achtung, die meinem Golde zukam. Ich sah ruhiger dem über Jahr und Tag verheißenen Besuch des rätselhaften Unbekannten entgegen.

Ich fühlte sehr wohl, daß ich mich nicht lange an einem Ort aufhalten durfte, wo man mich schon ohne Schatten gesehen und wo ich leicht verraten werden konnte; auch dacht ich vielleicht nur allein noch daran, wie ich mich bei Herrn John gezeigt, und es war mir eine drückende Erinnerung; demnach wollt ich hier bloß Probe halten, um anderswo leichter und zuversichtlicher auftreten zu können – doch fand sich, was mich eine Zeitlang an meiner Eitelkeit festhielt: das ist im Menschen, wo der Anker am zuverlässigsten Grund faßt.

Eben die schöne Fanny, der ich am dritten Orte wieder begegnete, schenkte mir, ohne sich zu erinnern, mich jemals gesehen zu haben, einige Aufmerksamkeit; denn jetzt hatt ich Witz und Verstand. – Wenn ich redete, hörte man zu, und ich wußte selber nicht, wie ich zu der Kunst gekommen war, das Gespräch so leicht zu führen und zu beherrschen. Der Eindruck, den ich auf die Schöne gemacht zu haben einsah, machte aus mir, was sie eben begehrte, einen Narren, und ich folgte ihr seither mit tausend Mühen durch Schatten und Däm- merung, wo ich nur konnte. Ich war nur eitel darauf, sie über mich eitel zu machen, und konnte mir selbst mit dem besten Willen nicht den Rausch aus dem Kopf ins Herz zwingen.

Aber wozu die ganz gemeine Geschichte dir lang und breit wiederholen? – Du selber hast sie mir oft genug von andern Ehrenleuten erzählt. Zu dem alten, wohlbekannten Spiele, worin ich gutmütig eine abgedroschene Rolle übernommen, kam freilich eine ganz eigens gedichtete Katastrophe hinzu, mir und ihr und allen unerwartet.

Da ich an einem schönen Abend nach meiner Gewohnheit eine Gesellschaft in einem Gärten versammelt hatte, wandelte ich mit der Herrin Arm in Arm in einiger Entfernung von den übrigen Gästen und bemühte mich, ihr Redensarten vorzudrechseln. Sie sah sittig vor sich nieder und erwiderte leise den Druck meiner Hand; da trat unversehens hinter uns der Mond aus den Wolken hervor – und sie sah nur ihren Schatten vor sich hinfallen. Sie fuhr zusammen und blickte bestürzt mich an, dann wieder auf die Erde, mit dem Auge meinen Schatten begehrend; und was in ihr vorging, malte sich so sonderbar in ihren Mienen, daß ich in ein lautes Gelächter hätte ausbrechen mögen, wenn es mir nicht selber eiskalt über ' den Rücken gelaufen wäre.

Ich ließ sie aus meinem Arm in eine Ohnmacht sinken, schoß wie ein Pfeil durch die entsetzten Gäste, erreichte die Tür, warf mich in den ersten Wagen, den ich da haltend fand, und fuhr nach der Stadt zurück, wo ich diesmal zu meinem Unheil den vorsichtigen Bendel gelassen hatte. Er erschrak, als er mich sah; ein Wort entdeckte ihm alles. Es wurden auf der Stelle Postpferde geholt. Ich nahm nur einen meiner Leute mit mir, einen abgefeimten Spitzbuben, namens Rascal, der sich mir durch seine Gewandtheit notwendig zu machen gewußt und der nichts vom heutigen Vorfall ahnen konnte. Ich legte in derselben Nacht noch dreißig Meilen zurück. Bendel blieb hinter mir, mein Haus aufzulösen, Gold zu spenden und mir das Nötigste nachzubringen. Als er mich am andern Tage einholte, warf ich mich in seine Arme und schwur ihm, nicht etwa keine Torheit mehr zu begehen, sondern nur künftig vorsichtiger zu sein. Wir setzten unsre Reise ununterbrochen fort, über die Grenze und das Gebirge, und erst am andern Abhang, durch das hohe Bollwerk von jenem Unglücksboden getrennt, ließ ich mich bewegen, in einem nahgelegenen und wenig besuchten Badeort von den überstandenen Mühseligkeiten auszurasten.

4

Ich werde in meiner Erzählung schnell über eine Zeit hineilen müssen, bei der ich, wie gerne! verweilen würde, wenn ich ihren lebendigen Geist in der Erinnerung heraufzubeschwören vermöchte. Aber die Farbe, die sie belebte und nur wiederbeleben kann, ist in mir verloschen, und wann ich in meiner Brust wiederfinden will, was sie damals so mächtig erhob, die Schmerzen und das Glück, den frommen Wahn – da schlag ich vergebens an einen Felsen, der keinen lebendigen Quell mehr gewährt, und der Gott ist von mir gewichen. Wie verändert blickt sie mich jetzt an, diese vergangene Zeit! – Ich sollte dort in dem Bade eine heroische Rolle tragieren; schlecht einstudiert und ein Neuling auf der Bühne, vergaff ich mich aus dem Stücke heraus in ein Paar blaue Augen. Die Eltern, vom Spiele getäuscht, bieten alles auf, den Handel nur schnell festzumachen, und die gemeine Posse beschließt eine Verhöhnung. Und das ist alles, alles! – Das kommt mir albern und abgeschmackt vor, und schrecklich wiederum, daß so mir vorkommen kann, was damals so reich, so groß die Brust mir schwellte. Mina, wie ich damals weinte, als ich dich verlor, so wein ich jetzt, dich auch in mir verloren zu haben. Bin ich denn so alt worden? – O traurige Vernunft! Nur noch ein Pulsschlag jener Zeit, ein Moment jenes Wahnes – aber nein! einsam auf dem hohen, öden Meere deiner bittern Flut und längst aus dem letzten Pokale der Champagner-Elfe entsprüht!

Ich hatte Bendel mit einigen Goldsäcken vorausgeschickt, um mir im Städtchen eine Wohnung nach meinen Bedürfnissen einzurichten. Er hatte dort viel Geld ausgestreut und sich über den vornehmen Fremden, dem er diente, etwas unbestimmt ausgedrückt, denn ich wollte nicht genannt sein. Das brachte die guten Leute auf sonderbare Gedanken. Sobald mein Haus zu meinem Empfang bereit war, kam Bendel wieder zu mir und holte mich dahin ab. Wir machten uns auf die Reise.

Ungefähr eine Stunde vom Orte, auf einem sonnigen Plan, ward uns der Weg durch eine festlich geschmückte Menge versperrt. Der Wagen hielt. Musik, Glockengeläute, Kanonenschüsse wurden gehört, ein lautes Vivat durchdrang die Luft – vor dem Schlage des Wagens erschien in weißen Kleidern ein Chor Jungfrauen von ausnehmender Schönheit, die aber vor der einen wie die Sterne der Nacht vor der Sonne verschwanden. Sie trat aus der Mitte der Schwestern hervor; die hohe, zarte Bildung kniete verschämt errötend vor mir nieder und hielt mir auf seidenem Kissen einen aus Lorbeer, Ölzweigen und Rosen geflochtenen Kranz entgegen, indem sie von Majestät, Ehrfurcht und Liebe einige Worte sprach, die ich nicht verstand, aber deren zauberischer Silberklang mein Ohr und Herz berauschte – es war mir, als wäre schon einmal die himmlische Erscheinung an mir vorübergewallt. Der Chor fiel ein und sang das Lob eines guten Königs und das Glück seines Volkes.

Und dieser Auftritt, lieber Freund, mitten in der Sonne! – Sie kniete noch immer zwei Schritte von mir, und ich, ohne Schatten, konnte die Kluft nicht überspringen, nicht wieder vor dem Engel auf die Knie fallen. Oh, was hätt ich nicht da für einen Schatten gegeben! Ich mußte meine Scham, meine Angst, meine Verzweiflung tief in den Grund meines Wagens verbergen. Bendel besann sich endlich für mich; er sprang von der andern Seite aus dem Wagen heraus, ich rief ihn noch zurück und reichte ihm aus meinem Kästchen, das mir eben zur Hand lag, eine reiche diamantene Krone, die die schöne Fanny hatte zieren sollen. Er trat vor und sprach im Namen seines Herrn, welcher solche Ehrenbezeugungen nicht an- nehmen könne noch wolle; es müsse hier ein Irrtum vorwalten; jedoch seien die guten Einwohner der Stadt für ihren guten Willen bedankt. Er nahm indes den dargehaltenen Kranz von seinem Ort und legte den brillantenen Reif an dessen Stelle; dann reichte er ehrerbietig der schönen Jungfrau die Hand zum Aufstehen und entfernte mit einem Wink Geistlichkeit, Magistratus und alle Deputationen. Niemand ward weiter vorgelassen. Er hieß den Haufen sich teilen und den Pferden Raum geben, schwang sich wieder in den Wagen, und fort gings weiter in gestrecktem Galopp, unter einer aus Laubwerk und Blumen erbauten Pforte hinweg, dem Städtchen zu. – Die Kanonen wurden immer frischweg abgefeuert. – Der Wagen hielt vor meinem Hause; ich sprang behend in die Tür, die Menge teilend, die die Begierde, mich zu sehen, herbeigerufen hatte. Der Pöbel schrie Vivat unter meinem Fenster, und ich ließ doppelte Dukaten daraus regnen. Am Abend war die Stadt freiwillig erleuchtet. –

Und ich wußte immer noch nicht, was das alles bedeuten sollte und für wen ich angesehen wurde. Ich schickte Rascaln auf Kundschaft aus. Er ließ sich denn erzählen, wasmaßen man bereits sichere Nachrichten gehabt, der gute König von Preußen reise unter dem Namen eines Grafen durch das Land; wie mein Adjutant erkannt worden sei und wie er sich und mich verraten habe; wie groß endlich die Freude gewesen, da man die Gewißheit gehabt, mich im Orte selbst zu besitzen. Nun sah man freilich ein, da ich offenbar das strengste Inkognito beobachten wolle, wie sehr man unrecht gehabt, den Schleier so zudringlich zu lüften. Ich hätte aber so huldreich, so gnadenvoll gezürnt – ich würde gewiß dem guten Herzen verzeihen müssen.

Meinem Schlingel kam die Sache so spaßhaft vor, daß er mit strafenden Reden sein möglichstes tat, die guten Leute einstweilen in ihrem Glauben zu bestärken. Er stattete mir einen sehr komischen Bericht ab, und da er mich dadurch erheitert sah, gab er mir selbst seine verübte Bosheit zum besten: – Muß ich's bekennen? Es schmeichelte mir doch, sei es auch nur so, für das verehrte Haupt angesehen worden zu sein.

Ich hieß zu dem morgenden Abend unter den Bäumen, die den Raum vor meinem Hause beschatteten, ein Fest bereiten und die ganze Stadt dazu einladen. Der geheimnisreichen Kraft meines Säckels, Bendels Bemühungen und der behenden Erfindsamkeit Rascals gelang es, selbst die Zeit zu besiegen. Es ist wirklich erstaunlich, wie reich und schön sich alles in den wenigen Stunden anordnete. Die Pracht und der Überfluß, die da sich erzeugten; auch die sinnreiche Erleuchtung war so weise verteilt, daß ich mich ganz sicher fühlte. Es blieb mir nichts zu erinnern, ich mußte meine Diener loben.

Es dunkelte der Abend. Die Gäste erschienen und wurden mir vorgestellt. Es ward die Majestät nicht mehr berührt; aber ich hieß in tiefer Ehrfurcht und Demut: Herr Graf. Was sollt ich tun? Ich ließ mir den Grafen gefallen und blieb von Stund an der Graf Peter. Mitten im festlichen Gewühle begehrte meine Seele nur nach der einen. Spät erschien sie, sie, die die Krone war und trug. Sie folgte sittsam ihren Eltern und schien nicht zu wissen, daß sie die Schönste sei. Es wurden mir der Herr Forstmeister, seine Frau und seine

Tochter vorgestellt. Ich wußte den Alten viel Angenehmes und Verbindliches zu sagen; vor der Tochter stand ich wie ein ausgescholtener Knabe da und vermochte kein Wort hervorzulallen. Ich bat sie endlich stammelnd, dies Fest zu würdigen, das Amt, dessen Zeichen sie schmückte, darin zu verwalten. Sie bat verschämt mit einem rührenden Blick um Schonung; aber verschämter vor ihr als sie selbst brachte ich ihr als erster Untertan meine Huldigung in tiefer Ehrfurcht, und der Wink des Grafen ward allen Gästen ein Gebot, dem nachzuleben sich jeder freudig beeiferte. Majestät, Unschuld und Grazie beherrschten, mit der Schönheit im Bunde, ein frohes Fest. Die glücklichen Eltern Minas glaubten ihnen nur zu Ehren ihr Kind erhöht; ich selber war in einem unbeschreiblichen Rausch. Ich ließ alles, was ich noch von den Juwelen hatte, die ich damals, um beschwerliches Gold loszuwerden, gekauft, alle Perlen, alles Edelgestein in zwei verdeckte Schüsseln legen und bei Tische unter dem Namen der Königin ihren Gespielinnen und allen Damen herumreichen; Gold ward indessen ununterbrochen über die gezogenen Schranken unter das jubelnde Volk geworfen.

Bendel am andern Morgen eröffnete mir im Vertrauen, der Verdacht, den er längst gegen Rascals Redlichkeit gehegt, sei nunmehr zur Gewißheit worden. Er habe gestern ganze Säcke Goldes unterschlagen. »Laß uns«, erwidert ich, »dem armen Schelmen die kleine Beute gönnen; ich spende gern allen, warum nicht auch ihm? Gestern hat er mir, haben mir alle neuen Leute, die du mir gegeben, redlich gedient, sie haben mir froh ein frohes Fest begehen helfen.«

Es war nicht weiter die Rede davon. Rascal blieb der erste meiner Dienerschaft, Bendel war aber mein Freund und mein Vertrauter. Dieser war gewohnt worden, meinen Reichtum als unerschöpflich zu denken, und er spähte nicht nach dessen Quellen; er half mir vielmehr, in meinen Sinn eingehend, Gelegenheiten ersinnen, ihn darzutun und Gold zu vergeuden. Von jenem Unbekannten, dem blassen Schleicher, wußt er nur soviel: Ich dürfe allein durch ihn von dem Fluche erlöst werden, der auf mir laste, und fürchte ihn, auf dem meine einzige Hoffnung ruhe. Übrigens sei ich davon überzeugt, er könne mich überall auffinden, ich ihn nirgends, darum ich, den versprochenen Tag erwartend, jede vergebliche Nachsuchung eingestellt.

Die Pracht meines Festes und mein Benehmen dabei erhielten anfangs die starkgläubigen Einwohner der Stadt bei ihrer vorgefaßten Meinung. Es ergab sich freilich sehr bald aus den Zeitungen, daß die ganze fabelhafte Reise des Königs von Preußen ein bloßes ungegründetes Gerücht gewesen. Ein König war ich aber nun einmal und mußte schlechterdings ein König bleiben, und zwar einer der reichsten und königlichsten, die es immer geben mag. Nur wußte man nicht recht, welcher.

Die Welt hat nie Grund gehabt, über Mangel an Monarchen zu klagen, am wenigsten in unsern Tagen; die guten Leute, die noch keinen mit Augen gesehen, rieten mit gleichem Glück bald auf diesen, bald auf jenen – Graf Peter blieb immer, der er war. –

Einst erschien unter den Badegästen ein Handelsmann, der Bankerott gemacht hatte, um sich zu bereichern, der allgemeiner Achtung genoß und einen breiten, obgleich etwas blassen Schatten von sich warf. Er wollte hier das Vermögen, das er gesammelt, zum Prunk ausstellen, und es fiel sogar ihm ein, mit mir wetteifern zu wollen. Ich sprach meinem Säckel zu und hatte sehr bald den armen Teufel so weit, daß er, um sein Ansehen zu retten, abermals Bankerott machen mußte und über das Gebirge ziehen. So ward ich ihn los. – Ich habe in dieser Gegend viele Taugenichtse und Müßiggänger gemacht!

Bei der königlichen Pracht und Verschwendung, womit ich mir alles unterwarf, lebt ich in meinem Hause sehr einfach und eingezogen. Ich hatte mir die größte Vorsicht zur Regel gemacht; es durfte unter keinem Vorwand kein anderer als Bendel die Zimmer, die ich bewohnte, betreten. Solange die Sonne schien, hielt ich mich mit ihm darin verschlossen, und es hieß: Der Graf arbeite in seinem Kabinett. Mit diesen Arbeiten standen die häufigen Kuriere in Verbindung, die ich um jede Kleinigkeit abschickte und erhielt. – Ich nahm nur am Abend unter meinen Bäumen oder in meinem, nach Bendels Angabe geschickt und reich erleuchteten Saale Gesellschaft an. Wenn ich ausging, wobei mich stets Bendel mit Argusaugen bewachen mußte, so war es nur nach dem Förstergarten und um der einen willen; denn meines Lebens innerlichstes Herz war meine Liebe.

Oh, mein guter Chamisso, ich will hoffen, du habest noch nicht vergessen, was Liebe sei! Ich lasse dir hier vieles zu ergänzen. Mina war wirklich ein liebewertes, gutes, frommes Kind. Ich hatte ihre ganze Phantasie an mich gefesselt; sie wußte in ihrer Demut nicht, womit sie wert gewesen, daß ich nur nach ihr geblickt, und sie vergalt Liebe um Liebe mit der vollen jugendlichen Kraft eines unschuldigen Herzens. Sie liebte wie ein Weib, ganz hin sich opfernd; selbstvergessen, hingegeben den nur meinend, der ihr Leben war, unbekümmert, solle sie selbst zugrunde gehen; das heißt, sie liebte wirklich. –

Ich aber – oh, welche schrecklichen Stunden – schrecklich! und würdig dennoch, daß ich sie zurückwünsche – hab ich oft an Bendels Brust verweint, als nach dem ersten bewußtlosen Rausch ich mich besonnen, mich selbst scharf angeschaut, der ich, ohne Schatten, mit tückischer Selbstsucht diesen Engel verderbend, die reine Seele an mich gelogen und gestohlen! Dann beschloß ich, mich ihr selber zu verraten; dann gelobt ich mit teuren Eidschwüren, mich von ihr zu reißen und zu entfliehen; dann brach ich wieder in Tränen aus und verabredete mit Bendeln, wie ich sie auf den Abend im Förstergarten besuchen wolle. –

Zu andern Zeiten log ich mir selber vom nahe bevorstehenden Besuch des grauen Unbekannten große Hoffnungen vor und weinte wieder, wenn ich daran zu glauben vergebens versucht hatte. Ich hatte den Tag ausgerechnet, wo ich den Furchtbaren wiederzusehen erwartete; denn er hatte gesagt, in Jahr und Tag, und ich glaubte an sein Wort.

Die Eltern waren gute, ehrbare, alte Leute, die ihr einziges Kind sehr liebten; das ganze Verhältnis überraschte sie, als es schon bestand, und sie wußten nicht, was sie dabei tun sollten. Sie hatten früher nicht geträumt, der Graf Peter könne nur an ihr Kind denken; nun liebte er sie gar und ward wieder geliebt. – Die Mutter war wohl eitel genug, an die Möglichkeit einer Verbindung zu denken und darauf hinzuarbeiten; der gesunde Menschenverstand des Alten gab solchen überspannten Vorstellungen nicht Raum. Beide waren überzeugt von der Reinheit meiner Liebe – sie konnten nichts tun, als für ihr Kind beten.

Es fällt mir ein Brief in die Hand, den ich noch aus dieser Zeit von Mina habe. – Ja, das sind ihre Züge! Ich will dir ihn abschreiben.

»Bin ein schwaches, törichtes Mädchen, könnte mir einbilden, daß mein Geliebter, weil ich ihn innig, innig liebe, dem armen Mädchen nicht weh tun möchte. – Ach, Du bist so gut, so unaussprechlich gut; aber mißdeute mich nicht. Du sollst mir nichts opfern, mir nichts opfern wollen; o Gott, ich könnte mich hassen, wenn Du das tätest. Nein – Du hast mich unendlich glücklich gemacht, Du hast mich Dich lieben gelehrt. Zeuch hin! – Weiß doch mein Schicksal, Graf Peter gehört nicht mir, gehört der Welt an. Will stolz sein, wenn ich höre: das ist er gewesen, und das war er wieder, und das hat er vollbracht; da haben sie ihn angebetet, und da haben sie ihn vergöttert. Siehe, wenn ich das denke, zürne ich Dir, daß Du bei einem einfältigen Kinde Deiner hohen Schicksale vergessen kannst. – Zeuch hin, sonst macht der Gedanke mich noch unglücklich, die ich, ach, durch Dich so glücklich, so selig bin. – Hab ich nicht auch einen Ölzweig und eine Rosenknospe in Dein Leben geflochten, wie in den Kranz, den ich Dir überreichen durfte? Habe Dich im Herzen, mein Geliebter, fürchte nicht, von mir zu gehen – werde sterben, ach, so selig, so unaussprechlich selig durch Dich.« –

Du kannst dir denken, wie mir die Worte durchs Herz schneiden mußten. Ich erklärte ihr, ich sei nicht das, wofür man mich anzusehen schien; ich sei nur ein reicher, aber unendlich elender Mann. Auf mir ruhe ein Fluch, der das einzige Geheimnis zwischen ihr und mir sein solle, weil ich noch nicht ohne Hoffnung sei, daß er gelöst werde. Dies sei das Gift meiner Tage; daß ich sie mit in den Abgrund hinreißen könne, sie, die das einzige Licht, das einzige Glück, das einzige Herz meines Lebens sei. Dann weinte sie wieder, daß ich unglücklich war. Ach, sie war so liebevoll, so gut! Um eine Träne nur mir zu erkaufen, hätte sie, mit welcher Seligkeit, sich selbst ganz hingeopfert.

Sie war indes weit entfernt, meine Worte richtig zu deuten; sie ahnete nun in mir irgendeinen Fürsten, den ein schwerer Bann getroffen, irgendein hohes, geächtetes Haupt, und ihre Einbildungskraft malte sich geschäftig unter heroischen Bildern den Geliebten herrlich aus.

Einst sagte ich ihr: »Mina, der letzte Tag im künftigen Monat kann mein Schicksal ändern und entscheiden – geschieht es nicht, so muß ich sterben, weil ich dich nicht unglücklich machen will.« – Sie verbarg weinend ihr Haupt an meiner Brust. »Ändert sich dein Schicksal, laß mich nur dich glücklich wissen, ich habe keinen Anspruch an dich. – Bist du elend, binde mich an dein Elend, daß ich es dir tragen helfe.«

»Mädchen, Mädchen, nimm es zurück, das rasche Wort, das törichte, das deinen Lippen entflohen – und kennst du es, dieses Elend, kennst du ihn, diesen Fluch? Weißt du, wer dein Geliebter – – was er – – Siehst du mich nicht krampfhaft zusammenschaudern und vor dir ein Geheimnis haben?« Sie fiel schluchzend mir zu Füßen und wiederholte mit Eidschwur ihre Bitte. –

Ich erklärte mich gegen den hereintretenden Forstmeister, meine Absicht sei, am Ersten des nächstkünftigen Monats um die Hand seiner Tochter anzuhalten – ich setzte diese Zeit fest, weil sich bis dahin manches ereignen dürfte, was Einfluß auf mein Schicksal haben könnte. Unwandelbar sei nur meine Liebe zu seiner Tochter. –

Der gute Mann erschrak ordentlich, als er solche Worte aus dem Munde des Grafen Peter vernahm. Er fiel mir um den Hals und ward wieder ganz verschämt, sich vergessen zu haben. Nun fiel es ihm ein, zu zweifeln, zu erwägen und zu forschen; er sprach von Mitgift, von Sicherheit, von Zukunft für sein liebes Kind. Ich dankte ihm, mich daran zu mahnen. Ich sagte ihm, ich wünsche in dieser Gegend, wo ich geliebt zu sein schien, mich anzusiedeln und ein sorgenfreies Leben zu führen. Ich bat ihn, die schönsten Güter, die im Lande ausgeboten wurden, unter dem Namen seiner Tochter zu kaufen und die Bezahlung auf mich anzuweisen. Es könne darin ein Vater dem Liebenden am besten dienen. – Es gab ihm viel zu tun, denn überall war ihm ein Fremder zuvorgekommen; er kaufte auch nur für ungefähr eine Million.

Daß ich ihn damit beschäftigte, war im Grunde eine unschuldige List, um ihn zu entfernen, und ich hatte schon ähnliche mit ihm gebraucht, denn ich muß gestehen, daß er etwas lästig war. Die gute Mutter war dagegen etwas taub und nicht, wie er, auf die Ehre eifersüchtig, den Herrn Grafen zu unterhalten.

Die Mutter kam hinzu, die glücklichen Leute drangen in mich, den Abend länger unter ihnen zu bleiben; ich durfte keine Minute weilen: Ich sah schon den aufgehenden Mond am Horizonte dämmern. – Meine Zeit war um. –

Am nächsten Abend ging ich wieder nach dem Förstergarten. Ich hatte den Mantel weit über die Schulter geworfen, den Hut tief in die Augen gedrückt, ich ging auf Mina zu; wie sie aufsah und mich anblickte, machte sie eine unwillkürliche Bewegung: Da stand mir wieder klar vor der Seele die Erscheinung jener schaurigen Nacht, wo ich mich im Mondschein ohne Schatten gezeigt. Sie war es wirklich. Hatte sie mich aber auch jetzt erkannt? Sie war still und gedankenvoll – mir lag es zentnerschwer auf der Brust – ich stand von meinem Sitz auf. Sie warf sich stille weinend an meine Brust. Ich ging.

Nun fand ich sie öfters in Tränen; mir ward's finster und finsterer um die Seele – nur die Eltern schwammen in überschwenglicher Glückseligkeit; der verhängnisvolle Tag rückte heran, bang und dumpf wie eine Gewitterwolke. Der Vorabend war da – ich konnte kaum mehr atmen. Ich hatte vorsorglich einige Kisten mit Gold angefüllt, ich wachte die zwölfte Stunde heran. – Sie schlug. –

Nun saß ich da, das Auge auf die Zeiger der Uhr gerichtet, die Sekunden, die Minuten zählend wie Dolchstiche. Bei jedem Lärm, der sich regte, fuhr ich auf, der Tag brach an. Die bleiernen Stunden verdrängten einander; es ward Mittag, Abend, Nacht; es rückten die Zeiger, welkte die Hoffnung; es schlug elf, und nichts erschien; die letzten Minuten der letzten Stunde fielen, und nichts erschien, es schlug der erste Schlag, der letzte Schlag der zwölften Stunde, und ich sank hoffnungslos in unendlichen Tränen auf mein Lager zurück. Morgen sollt ich – auf immer schattenlos, um die Hand der Geliebten anhalten; ein banger Schlaf drückte mir gegen den Morgen die Augen zu.

5

Es war noch früh, als mich Stimmen weckten, die sich in meinem Vorzimmer in heftigem Wortwechsel erhoben. Ich horchte auf. – Bendel verbot meine Tür; Rascal schwur hoch und teuer, keine Befehle von seinesgleichen anzunehmen, und bestand darauf, in meine Zimmer einzudringen. Der gütige Bendel verwies ihm, daß solche Worte, falls sie zu meinen Ohren kämen, ihn um einen vorteilhaften Dienst bringen würden. Rascal drohte, Hand an ihn zu legen, wenn er ihm den Eingang noch länger vertreten wollte.

Ich hatte mich halb angezogen, ich riß zornig die Tür auf und fuhr auf Rascal zu »Was willst du, Schurke – – «, er trat zwei Schritte zurück und antwortete ganz kalt: »Sie untertänigst bitten, Herr Graf, mich doch einmal Ihren Schatten sehen zu lassen – die Sonne scheint eben so schön auf dem Hofe.« –

Ich war wie vom Donner gerührt. Es dauerte lange, bis ich die Sprache wiederfand. – »Wie kann ein Knecht gegen seinen Herrn – ?« Er fiel mir ganz ruhig in die Rede: »Ein Knecht kann ein sehr ehrlicher Mann sein und einem Schattenlosen nicht dienen wollen, ich fordre meine Entlassung.« Ich mußte andere Saiten aufziehen. »Aber Rascal, lieber Rascal, wer hat dich auf die unglückliche Idee gebracht? Wie kannst du denken – –?« Er fuhr im selben Tone fort: »Es wollen Leute behaupten, Sie hätten keinen Schatten – und kurz, Sie zeigen mir Ihren Schatten oder geben mir meine Entlassung.«

Bendel, bleich und zitternd, aber besonnener als ich, machte mir ein Zeichen; ich nahm zu dem alles beschwichtigenden Golde meine Zuflucht – auch das hatte seine Macht verlo- ren –, er warf's mir vor die Füße: »Von einem Schattenlosen nehme ich nichts an.« Er kehrte mir den Rücken und ging, den Hut auf dem Kopf, ein Liedchen pfeifend, langsam aus dem Zimmer. Ich stand mit Bendel da wie versteint, gedanken- und regungslos ihm nachsehend.

Schwer aufseufzend und den Tod im Herzen, schickt ich mich endlich an, mein Wort zu lösen und, wie ein Verbrecher vor seinen Richtern, in dem Förstergarten zu erscheinen. Ich stieg in der dunklen Laube ab, welche nach mir benannt war und wo sie mich auch diesmal erwarten mußten. Die Mutter kam mir sorgenfrei und freudig entgegen. Mina saß da, bleich und schön wie der erste Schnee, der manchmal im Herbste die letzten Blumen küßt und gleich in bittres Wasser zerfließen wird. Der Forstmeister, ein geschriebenes Blatt in der Hand, ging heftig auf und ab und schien vieles in sich zu unterdrücken, was, mit fliegender Röte und Blässe wechselnd, sich auf seinem sonst unbeweglichen Gesichte malte. Er kam auf mich zu, als ich hereintrat, und verlangte mit oft unterbrochenen

Worten, mich allein zu sprechen. Der Gang, auf den er mich ihm zu folgen einlud, führte nach einem freien, besonnten Teile des Gartens – ich ließ mich stumm auf einen Sitz nieder, und es erfolgte ein langes Schweigen, das selbst die gute Mutter nicht zu unterbrechen wagte.

Der Forstmeister stürmte immer noch ungleichen Schrittes die Laube auf und ab; er stand mit einemmal vor mir still, blickte ins Papier, das er hielt, und fragte mich mit prüfendem Blick:»Sollte Ihnen, Herr Graf, ein gewisser Peter Schlemihl wirklich nicht unbekannt sein?«Ich schwieg –»Ein Mann von vorzüglichem Charakter und von besonderen Gaben –« Er erwartete eine Antwort. –»Und wenn ich selber der Mann wäre?« –»«Dem«, fügte er heftig hinzu,»sein Schatten abhanden gekommen ist!!« –»Oh, meine Ahnung, meine Ahnung!« rief Mina aus.»Ja, ich weiß es längst, er hat keinen Schatten!«, und sie warf sich in die Arme der Mutter, welche erschreckt, sie krampfhaft an sich schließend, ihr Vorwürfe machte, daß sie zum Unheil solch ein Geheimnis in sich verschlossen. Sie aber war, wie Arethusa, in einen Tränenquell gewandelt, der beim Klang meiner Stimme häufiger floß und bei meinem Nahen stürmisch aufbrauste.

»Und Sie haben«, hub der Forstmeister grimmig wieder an,»und Sie haben mit unerhörter Frechheit diese und mich zu betrügen keinen Anstand genommen; und Sie geben vor, sie zu lieben, die Sie so weit heruntergebracht haben? Sehen Sie, wie sie da weint und ringt. O schrecklich, schrecklich!« – Ich hatte dergestalt alle Besinnung verloren, daß ich, wie irre redend, anfing: Es wäre doch am Ende ein Schatten nichts als ein Schatten, man könne auch ohne das fertig werden, und es wäre nicht der Mühe wert, solchen Lärm davon zu erheben. Aber ich fühlte so sehr den Ungrund von dem, was ich sprach, daß ich von selbst aufhörte, ohne daß er mich einer Antwort gewürdigt. Ich fügte noch hinzu: was man einmal verloren, könne man ein andermal wieder finden.

Er fuhr mich zornig an. –»Gestehen Sie mir's, mein Herr, gestehen Sie mir's, wie sind Sie um Ihren Schatten gekommen?«Ich mußte wieder lügen:»Es trat mir dereinst ein ungeschlach- ter Mann so flämisch in meinen Schatten, daß er ein großes Loch darein riß – ich habe ihn nur zum Ausbessern gegeben, denn Gold vermag viel; ich habe ihn schon gestern wieder bekommen sollen.« –

»Wohl, mein Herr, ganz wohl!« erwiderte der Forstmeister. »Sie werben um meine Tochter, das tun auch andere, ich habe als ein Vater für sie zu sorgen, ich gebe Ihnen drei Tage Frist, binnen welcher Sie sich nach einem Schatten umtun mögen; erscheinen Sie binnen drei Tagen vor mir mit einem wohlangepaßten Schatten, so sollen Sie mir willkommen sein; am vierten Tage aber – das sag ich Ihnen – ist meine Tochter die Frau eines andern.« – Ich wollte noch versuchen, ein Wort an Mina zu richten; aber sie schloß sich, heftiger schluchzend, fester an ihre Mutter, und diese winkte mir stillschweigend, mich zu entfernen. Ich schwankte hinweg, und mir war's, als schlösse sich hinter mir die Welt zu.

Der liebevollen Aufsicht Bendels entsprungen, durchschweifte ich in irrem Lauf Wälder und Fluren. Angstschweiß troff von meiner Stirne, ein dumpfes Stöhnen entrang sich meiner Brust, in mir tobte Wahnsinn. –

Ich weiß nicht, wie lange es so gedauert haben mochte, als ich mich auf einer sonnigen Heide beim Ärmel anhalten fühlte. – Ich stand still und sah mich um – – es war der Mann im grauen Rock, der sich nach mir außer Atem gelaufen zu haben schien. Er nahm sogleich das Wort:

»Ich hatte mich auf den heutigen Tag angemeldet, Sie haben die Zeit nicht erwarten können. Es steht aber alles noch gut; Sie nehmen Rat an, tauschen Ihren Schatten wieder ein, der Ihnen zu Gebote steht, und kehren sogleich wieder um. Sie sollen in dem Förstergarten willkommen sein, und alles ist nur ein Scherz gewesen: den Rascal, der Sie verraten hat und um Ihre Braut wirbt, nehm ich auf mich, der Kerl ist reif.«

Ich stand noch wie im Schlafe da. – »Auf den heutigen Tag angemeldet –?« Ich überdachte noch einmal die Zeit – er hatte recht, ich hatte mich stets um einen Tag verrechnet. Ich suchte mit der rechten Hand nach dem Säckel auf meiner Brust – er erriet meine Meinung und trat zwei Schritte zurück.

»Nein, Herr Graf, der ist in zu guten Händen, den behalten Sie.« – Ich sah ihn mit stieren Augen, verwundert fragend, an; er fuhr fort:

»Ich erbitte mir bloß eine Kleinigkeit zum Andenken: Sie sind nur so gut und unterschreiben mir den Zettel da.« – Auf dem Pergament standen die Worte:

»Kraft dieser meiner Unterschrift vermache ich dem Inhaber dieses meine Seele nach ihrer natürlichen Trennung von meinem Leibe.«

Ich sah mit stummem Staunen die Schrift und den grauen Unkannten abwechselnd an. – Er hatte unterdessen mit einer neu geschnittenen Feder einen Tropfen Bluts aufgefangen, der mir aus einem frischen Dornenriß auf die Hand floß, und hielt sie mir hin. –

»Wer sind Sie denn?« frug ich ihn endlich. – »Was tut's«, gab er mir zur Antwort, »und sieht man es mir nicht an? Ein armer Teufel, gleichsam so eine Art von Gelehrten und Physikus, der von seinen Freunden für vortreffliche Künste schlechten Dank erntet und für sich selber auf Erden keinen ändern Spaß hat als sein bißchen Experimentieren – aber unterschreiben Sie doch. Rechts, da unten: Peter Schlemihl.«

Ich schüttelte mit dem Kopf und sagte: »Verzeihen Sie, mein Herr, das unterschreibe ich nicht.« – »Nicht?« wiederholte er verwundert. »Und warum nicht?« –

»Es scheint mir doch gewissermaßen bedenklich, meine Seele an meinen Schatten zu setzen.« – – »So, so!« wiederholte er, »bedenklich«, und er brach in ein lautes Gelächter gegen mich aus. »Und, wenn ich fragen darf, was ist denn das für ein Ding, Ihre Seele? Haben Sie es je gesehen, und was denken Sie damit anzufangen, wenn Sie einst tot sind? Seien Sie doch froh, einen Liebhaber zu finden, der Ihnen bei Lebenszeit noch den Nachlaß dieses X, dieser galvanischen Kraft oder polarisierenden Wirksamkeit, und was alles das närrische Ding sein soll, mit etwas Wirklichem bezahlen will, nämlich mit Ihrem leibhaftigen Schatten, durch den Sie zu der Hand Ihrer Geliebten und zu der Erfüllung aller Ihrer Wünsche gelangen können. Wollen Sie lieber selbst das arme junge Blut dem niederträchtigen Schurken, dem Rascal, zustoßen und ausliefern? – Nein, das müssen Sie doch mit eigenen Augen ansehen; kommen Sie, ich leihe Ihnen die Tarnkappe hier« (er zog etwas aus der Tasche), »und wir wallfahrten ungesehen nach dem Förstergarten.« –

Ich muß gestehen, daß ich mich überaus schämte, von diesem Manne ausgelacht zu werden. Er war mir von Herzensgrunde verhaßt, und ich glaube, daß mich dieser persönliche Widerwille mehr als Grundsätze oder Vorurteile abhielt, meinen Schatten, so notwendig er mir auch war, mit der begehrten Unterschrift zu erkaufen. Auch war mir der Gedanke unerträglich, den Gang, den er mir antrug, in seiner Gesellschaft zu unternehmen. Diesen häßlichen Schleicher, diesen hohnlächelnden Kobold zwischen mich und meine Geliebte, zwei blutig zerrissene Herzen, spöttisch hintreten zu sehen, empörte mein innigstes Gefühl. Ich nahm, was geschehen war, als verhängt an, mein Elend als unabwendbar, und mich zu dem Manne kehrend, sagte ich ihm:

»Mein Herr, ich habe Ihnen meinen Schatten für diesen an sich sehr vorzüglichen Säckel verkauft, und es hat mich genug gereut. Kann der Handel zurückgehen, in Gottes Namen!« Er schüttelte mit dem Kopf und zog ein sehr finsteres Gesicht. Ich fuhr fort: »So will ich Ihnen auch weiter nichts von meiner Habe verkaufen, sei es auch um den angebotenen Preis meines Schattens, und unterschreibe also nichts. Daraus läßt sich auch abnehmen, daß die Verkappung, zu der Sie mich einladen, ungleich belustigender für Sie als für mich ausfallen müßte; halten Sie mich also für entschuldigt, und da es einmal nicht anders ist – laßt uns scheiden!« –

»Es ist mir leid, Monsieur Schlemihl, daß Sie eigensinnig das Geschäft von der Hand weisen, das ich Ihnen freundschaftlich anbot. Indessen, vielleicht bin ich ein andermal glücklicher. Auf baldiges Wiedersehen! – Apropos, erlauben Sie mir noch, Ihnen zu zeigen, daß ich die Sachen, die ich kaufe, keineswegs verschimmeln lasse, sondern in Ehren halte, und daß sie bei mir gut aufgehoben sind.« –

Er zog sogleich meinen Schatten aus seiner Tasche, und ihn mit einem geschickten Wurf auf der Heide entfaltend, breitete er ihn auf der Sonnenseite zu seinen Füßen aus, so, daß er zwischen den beiden ihm aufwartenden Schatten, dem meinen und dem seinen, daherging; denn meiner mußte ihm gleichfalls gehorchen und nach allen seinen Bewegungen sich richten und bequemen.

Als ich nach so langer Zeit einmal meinen armen Schatten wieder sah und ihn zu solchem schnöden Dienst herabgewürdigt fand, eben als ich um seinetwillen in so namenloser Not war, da brach mir das Herz, und ich fing bitterlich zu weinen an. Der Verhaßte stolzierte mit dem mir abgejagten Raube und erneuerte unverschämt seinen Antrag:

»Noch ist er für Sie zu haben; ein Federzug, und Sie retten damit die arme unglückliche Mina aus des Schuftes Klauen in des hochgeehrten Herrn Grafen Arme – wie gesagt, nur ein Federzug.« Meine Tränen brachen mit erneuerter Kraft hervor; aber ich wandte mich weg und winkte ihm, sich zu entfernen.

Bendel, der voller Sorgen meine Spuren bis hieher verfolgt hatte, traf in diesem Augenblick ein. Als mich die treue, fromme Seele weinend fand und meinen Schatten – denn er war nicht zu verkennen – in der Gewalt des wunderlichen grauen Unbekannten sah, beschloß er gleich, sei es auch mit Gewalt, mich in den Besitz meines Eigentums wiederherzustellen, und da er selbst mit dem zarten Dinge nicht umzugehen verstand, griff er gleich den Mann mit Worten an, und ohne vieles Fragen gebot er ihm stracks, mir das Meine unverzüglich verabfolgen zu lassen. Dieser, statt aller Antwort, kehrte dem unschuldigen Burschen den Rücken und ging. Bendel aber erhob den Kreuzdornknüttel, den er trug, und ihm auf den Fersen folgend, ließ er ihn schonungslos unter wiederholtem Befehl, den Schatten herzugeben, die volle Kraft seines nervichten Armes fühlen. Jener, als sei er solcher Behandlung gewohnt, bückte den Kopf, wölbte die Schultern und zog stillschweigend ruhigen Schrittes seinen Weg über die Heide weiter, mir meinen Schatten zugleich und meinen treuen Diener entführend. Ich hörte lange noch den dumpfen Schall durch die Einöde dröhnen, bis er sich endlich in der Entfernung verlor. Einsam war ich wie vorher mit meinem Unglück.

6

Allein zurückgeblieben auf der öden Heide, ließ ich unendlichen Tränen freien Lauf, mein armes Herz von namenloser, banger Last erleichternd. Aber ich sah meinem überschwenglichen Elend keine Grenzen, keinen Ausgang, kein Ziel, und ich sog besonders mit grimmigem Durst an dem neuen Gifte, das der Unbekannte in meine Wunden gegossen. Als ich Minas Bild vor meine Seele rief und die geliebte, süße Gestalt bleich und in Tränen mir erschien, wie ich sie zuletzt in meiner Schmach gesehen, da trat frech und höhnend Rascals Schemen zwischen sie und mich; ich verhüllte mein Gesicht und floh durch die Einöde, aber die scheußliche Erscheinung gab mich nicht frei, sondern verfolgte mich im Laufe, bis ich atemlos an den Boden sank und die Erde mit erneuertem Tränenquell befeuchtete.

Und alles um einen Schatten! Und diesen Schatten hätte mir ein Federzug wieder erworben. Ich überdachte den befremdenden Antrag und meine Weigerung. Es war wüst in mir, ich hatte weder Urteil noch Fassungsvermögen mehr.

Der Tag verging; Ich stillte meinen Hunger mit wilden Früchten, meinen Durst im nächsten Bergstrom; die Nacht brach ein, ich lagerte mich unter einem Baum. Der feuchte Morgen weckte mich aus einem schweren Schlaf, in dem ich mich selber wie im Tode röcheln hörte. Bendel mußte meine Spur verloren haben, und es freute mich, es zu denken. Ich wollte nicht unter die Menschen zurückkehren, vor welchen , ich schreckhaft floh wie das scheue Wild des Gebirges. So verlebte ich drei bange,Tage.

Ich befand mich am Morgen des vierten auf einer sandigen Ebene, welche die Sonne beschien, und saß auf Felsentrümmern in ihrem Strahl; denn ich liebte jetzt, ihren lang entbehrten Anblick zu genießen. Ich nährte still mein Herz mit seiner Verzweiflung. Da schreckte mich ein leises Geräusch auf; ich warf, zur Flucht bereit, den Blick um mich her, ich sah niemand: Aber es kam auf dem sonnigen Sande an mir vorbeigeglitten ein Menschenschatten, dem meinigen nicht unähnlich, welcher, allein daherwandelnd, von seinem Herrn abgekommen zu sein schien.

Da erwachte in mir ein mächtiger Trieb: Schatten, dacht ich, suchst du deinen Herrn? Der will ich sein. Und ich sprang hinzu, mich seiner zu bemächtigen: Ich dachte nämlich, daß, wenn es mir glückte, in seine Spur zu treten, so, daß er mir an die Füße käme, er wohl daran hängenbleiben würde und sich mit der Zeit an mich gewöhnen.

Der Schatten, auf meine Bewegung, nahm vor mir die Flucht, und ich mußte auf den leichten Flüchtling eine angestrengte Jagd beginnen, zu der mich allein der Gedanke, mich aus der furchtbaren Lage, in der ich war, zu retten, mit hinreichenden Kräften ausrüsten konnte. Er floh einem freilich noch entfernten Walde zu, in dessen Schatten ich ihn notwendig hätte verlieren müssen; – ich sah's, ein Schreck durchzuckte mir das Herz, fachte meine Begierde, an, beflügelte meinen Lauf – ich gewann sichtbarlich auf den Schatten, ich kam ihm nach und nach näher, ich mußte ihn erreichen. Nun hielt er plötzlich an und kehrte sich nach mir um. Wie der Löwe auf seine Beute, so schoß ich mit einem gewaltigen Sprunge hinzu, um ihn in Besitz zu nehmen – und traf unerwartet und hart auf körperlichen Widerstand. Es wurden mir unsichtbar die unerhörtesten Rippenstöße erteilt, die wohl je ein Mensch gefühlt hat.

Die Wirkung des Schreckens war in mir, die Arme krampfhaft zuzuschlagen und fest zu drücken, was ungesehen vor mir stand. Ich stürzte in der schnellen Handlung vorwärts gestreckt auf den Boden; rückwärts aber unter mir ein Mensch, den ich umfaßt hielt und der jetzt erst sichtbar erschien.

Nun ward mir auch das ganze Ereignis sehr natürlich erklärbar. Der Mann mußte das unsichtbare Vogelnest, welches den, der es hält, nicht aber seinen Schatten, unsichtbar macht, erst getragen und jetzt weggeworfen haben. Ich spähete mit dem Blick umher, entdeckte gar bald den Schatten des unsichtbaren Nestes selbst, sprang auf und hinzu und verfehlte nicht den teuern Raub. Ich hielt unsichtbar, schattenlos das Nest in den Händen.

Der schnell sich aufrichtende Mann, sich sogleich nach seinem beglückten Bezwinger umsehend, erblickte auf der weiten, sonnigen Ebene weder ihn noch dessen Schatten, nach dem er besonders ängstlich umherlauschte. Denn daß ich an und für mich schattenlos war, hatte er vorher nicht Muße gehabt zu bemerken und konnte es nicht vermuten. Als er sich überzeugt, daß jede Spur verschwunden, kehrte er in der höchsten Verzweiflung die Hand gegen sich selber und raufte sich das Haar aus. Mir aber gab der errungene Schatz die Möglichkeit und die Begierde zugleich, mich wieder unter die Menschen zu mischen. Es fehlte mir nicht an Vorwand gegen mich selber, meinen schnöden Raub zu beschönigen, oder vielmehr, ich bedurfte solches nicht, und jedem Gedanken der Art zu entweichen, eilte ich hinweg, nach dem Unglücklichen nicht zurückschauend, dessen ängstliche Stimme ich mir noch lange nachschallen hörte. So wenigstens kamen mir damals alle Umstände dieses Ereignisses vor.

Ich brannte, nach dem Förstergarten zu gehen und durch mich selbst die Wahrheit dessen zu erkennen, was mir jener Verhaßte verkündigt hatte; ich wußte aber nicht, wo ich war; ich bestieg, um mich in der Gegend umzuschauen, den nächsten Hügel; ich sah von seinem Gipfel das nahe Städtchen und den Förstergarten zu meinen Füßen liegen. – Heftig klopfte mir das Herz, und Tränen einer andern Art, als die ich bis dahin vergossen, traten mir in die Augen: Ich sollte sie wiedersehen. – Bange Sehnsucht beschleunigte meine Schritte auf dem richtigsten Pfad hinab. Ich kam ungesehen an einigen Bauern vorbei, die aus der Stadt kamen. Sie sprachen von mir, Rascaln und dem Förster; ich wollte nichts anhören, ich eilte vorüber.

Ich trat in den Garten, alle Schauer der Erwartung in der Brust – mir schallte es wie ein Lachen entgegen, mich schauderte, ich warf einen schnellen Blick um mich her; ich konnte niemanden entdecken. Ich schritt weiter vor, mir war's, als vernähme ich neben mir ein Geräusch wie von Menschentritten; es war aber nichts zu sehen: Ich dachte mich von meinem Ohre getäuscht. Es war noch früh, niemand in Graf Peters Laube, noch leer der Garten; ich durchschweifte die bekannten Gänge, ich drang bis nach dem Wohnhause vor. Dasselbe Geräusch verfolgte mich vernehmlicher. Ich setzte mich mit angstvollem Herzen auf eine Bank, die im sonnigen Raume der Haustür gegenüber stand. Es ward mir, als hörte ich den ungesehenen Kobold sich hohnlachend neben mich setzen. Der Schlüssel ward in der Tür gedreht, sie ging auf, der Forstmeister trat heraus, mit Papieren in der Hand. Ich fühlte mir wie Nebel über den Kopf ziehn, ich sah mich um, und – Entsetzen! – der Mann im grauen Rock saß neben mir, mit satanischem Lächeln auf mich blickend. – Er hatte mir seine Tarnkappe mit über den Kopf gezogen, zu seinen Füßen lagen sein und mein Schatten friedlich nebeneinander; er spielte nachlässig mit dem bekannten Pergament, das er in der Hand hielt, und indem der Forstmeister mit den Papieren beschäftigt im Schatten der Laube auf und ab ging – beugte er sich vertraulich zu meinem Ohr und flüsterte mir die Worte:

»So hätten Sie denn doch meine Einladung angenommen, und da säßen wir einmal zwei Köpfe unter einer Kappe. – Schon recht! Schon recht! Nun geben Sie mir aber auch mein Vogelnest zurück; Sie brauchen es nicht mehr und sind ein zu ehrlicher Mann, um es mir vorenthalten zu wollen – doch keinen Dank dafür, ich versichere Sie, daß ich es Ihnen von Herzen gern geliehen habe.« – Er nahm es unweigerlich aus meiner Hand, steckte es in die Tasche und lachte mich abermals aus, und zwar so laut daß sich der Forstmeister nach dem Geräusch umsah. – Ich saß wie versteinert da.

»Sie müssen mir doch gestehen«, fuhrt er fort, »daß so eine Kappe viel bequemer ist. Sie deckt doch nicht nur ihren Mann, sondern auch seinen Schatten mit und noch so viele andere, als er mitzunehmen Lust hat. Sehen Sie, heute führ ich wieder ihrer zwei.« – Er lachte wieder. »Merken Sie sich's, Schlemihl, was man anfangs mit Gutem nicht will, das muß man am Ende doch gezwungen. Ich dächte noch, Sie kauften mir das Ding ab, nähmen die Braut zurück – denn noch ist es Zeit – und wir ließen den Rascal am Galgen Baumeln, das wird uns ein leichtes, solange es uns am Stricke nicht fehlt. – Hören Sie, ich gebe Ihnen noch meine Mütze in den Kauf.«

Die Mutter trat heraus, und das Gespräch begann. – »Was macht Mina?« – »Sie weint.« – »Einfältiges Kind! Es ist doch nicht zu ändern!« – »Freilich nicht; aber sie so früh einem andern zu geben – – O Mann, du bist grausam gegen dein eigenes Kind.« – »Nein, Mutter, das siehst du sehr falsch. Wenn sie, noch bevor sie ihre doch kindischen Tränen ausgeweint hat, sich als die Frau eines sehr reichen und geehrten Mannes findet, wird sie getröstet aus ihrem Schmerze wie aus einem Traum erwachen und Gott und uns danken, das wirst du sehen!« – »Gott gebe es!« – »Sie besitzt freilich jetzt sehr ansehnliche Güter; aber nach dem Aufsehen, das die unglückliche Geschichte mit dem Abenteurer gemacht hat, glaubst du, daß sich so bald eine andere, für sie so passende Partie als der Herr Rascal finden möchte? Weißt du, was für ein Vermögen er besitzt, der Herr Rascal? Er hat für sechs Millionen Güter hier im Lande, frei von allen Schulden, bar bezahlt. Ich habe die Dokumente in Händen gehabt! Er war's, der mir überall das Beste vorweggenommen hat; und außerdem im Portefeuille Papiere auf Thomas John für zirka viertehalb Millionen.« – »Er muß sehr viel gestohlen haben.« – »Was sind das wieder für Reden! Er hat weislich gespart, wo verschwendet wurde.« – »Ein Mann, der die Livree getragen hat.« – »Dummes Zeug! Er hat doch einen untadeligen Schatten.« – »Du hast recht; aber – –«

Der Mann im grauen Rock lachte und sah mich an. Die Türe ging auf, und Mina trat heraus. Sie stützte sich auf den Arm einer Kammerfrau; stille Tränen flössen auf ihre schönen blassen Wangen. Sie setzte sich in einen Sessel, der für sie unter den Linden bereitet war, und ihr Vater nahm einen Stuhl neben ihr. Er faßte zärtlich ihre Hand und redete sie, die heftiger zu weinen anfing, mit zarten Worten an: »Du bist mein gutes, liebes Kind, du wirst auch vernünftig sein, wirst nicht deinen alten Vater betrüben wollen, der nur dein Glück will; ich begreife es wohl, liebes Herz, daß es dich sehr erschüttert hat; du bist wunderbar deinem Unglücke entkommen! Bevor wir den schändlichen Betrug entdeckt, hast du diesen Unwürdigen sehr geliebt; siehe, Mina, ich weiß es und mache dir keine Vorwürfe darüber. Ich selber, liebes Kind, habe ihn auch geliebt, solange ich ihn für einen großen Herrn angesehen habe. Nun siehst du selber ein, wie anders alles geworden. Was, ein jeder Pudel hat ja seinen Schatten, und mein liebes einziges Kind sollte einen Mann – – Nein, du denkst auch gar nicht mehr an ihn. – Höre, Mina, nun wirbt ein Mann um dich, der die Sonne nicht scheut, ein geehrter Mann, der freilich kein Fürst ist, aber zehn Millionen, zehnmal mehr als du in Vermögen besitzt, ein Mann, der mein liebes Kind glücklich machen wird. Erwidere mir nichts, widersetze dich nicht, sei meine gute, gehorsame Tochter, laß deinen liebenden Vater für dich sorgen, deine Tränen trocknen. Versprich mir, dem Herrn Rascal deine Hand zu geben – Sage, willst du mir dies versprechen?« –

Sie antwortete mit erstorbener Stimme: »Ich habe keinen Willen, keinen Wunsch fürder auf Erden. Geschehe mit mir, was mein Vater will.« Zugleich ward Herr Rascal angemeldet und trat frech in den Kreis. Mina lag in Ohnmacht. Mein verhaßter Gefährte blickte,mich zornig an und flüsterte mir die schnellen Worte: »Und das könnten Sie erdulden! Was fließt Ihnen denn statt des Blutes in den Adern?« Er ritzte mir mit einer raschen Bewegung eine leichte Wunde in die Hand, es floß Blut, er fuhr fort: »Wahrhaftig! rotes Blut! – So unterschreiben Sie!« Ich hatte das Pergament und die Feder in Händen.

7

Ich werde mich deinem Urteile bloßstellen, lieber Chamisso, und es nicht zu bestechen suchen. Ich selbst habe lange strenges Gericht an mir selber vollzogen, denn ich habe den quälenden Wurm in meinem Herzen genährt. Es schwebte immerwährend dieser ernste Moment meines Lebens vor meiner Seele, und ich vermocht es nur zweifelnden Blickes, mit Demut und Zerknirschung anzuschauen. – Lieber Freund, wer leichtsinnig nur den Fuß aus der geraden Straße setzt, der wird unversehens in andere Pfade abgeführt, die abwärts und immer abwärts ihn ziehen; er sieht dann umsonst die Leitsterne am Himmel schimmern, ihm bleibt keine Wahl, er muß unaufhaltsam den Abhang hinab und sich selbst der Nemesis opfern. Nach dem übereilten Fehltritt, der den Fluch auf mich geladen, hatt ich durch Liebe frevelnd in eines andern Wesens Schicksal mich gedrängt; was blieb mir übrig, als, wo ich Verderben gesäet, wo schnelle Rettung von mir geheischt ward, eben rettend blindlings hinzuzuspringen? denn die letzte Stunde schlug. – Denke nicht so niedrig von mir, mein Adelbert, als zu meinen, es hätte mich irgendein geforderter Preis zu teuer gedünkt, ich hätte mit irgend etwas, was nur mein war, mehr als eben mit Gold gekargt. – Nein, Adelbert; aber mit unüberwindlichem Hasse gegen diesen rätselhaften Schleicher auf krummen Wegen war meine Seele angefüllt. Ich mochte ihm unrecht tun, doch empörte mich jede Gemeinschaft mit ihm. – Auch hier trat, wie so oft schon in mein Leben und wie überhaupt so oft in die Weltgeschichte, ein Ereignis an die Stelle einer Tat. Später habe ich mich mit mir selber versöhnt. Ich habe erstlich die Notwendigkeit verehren lernen, und was ist mehr als die getane Tat, das geschehene Ereignis, ihr Eigentum! Dann hab ich auch diese Notwendigkeit als eine weise Fügung verehren lernen, die durch das gesamte große Getrieb weht, darin wir bloß als mitwirkende, getriebene treibende Räder eingreifen; was sein soll, muß geschehen, was sein sollte, geschah, und nicht ohne jene Fügung, die ich endlich noch in meinem Schicksale und dem Schicksale derer, die das meine mit angriff, verehren lernte.

Ich weiß nicht, ob ich es der Spannung meiner Seele unter dem Drange so mächtiger Empfindungen zuschreiben soll, ob der Erschöpfung meiner physischen Kräfte, die während der letzten Tage ungewohntes Darben geschwächt, ob endlich dem zerstörenden

Aufruhr, den die Nähe dieses grauen Unholdes in meiner ganzen Natur erregte; genug, es befiel mich, als es an das Unterschreiben ging, eine tiefe Ohnmacht, und ich lag eine lange Zeit wie in den Armen des Todes.

Fußstampfen und Fluchen waren die ersten Töne, die mein Ohr trafen, als ich zum Bewußtsein zurückkehrte; ich öffnete die Augen, es war dunkel; mein verhaßter Begleiter war scheltend um mich bemüht. »Heißt das nicht wie ein altes Weib sich aufführen! – Man raffe sich auf und vollziehe frisch, was man beschlossen, oder hat man sich anders besonnen und will lieber greinen?« – Ich richtete mich mühsam auf von der Erde, wo ich lag, und schaute schweigend um mich. Es war später Abend, aus dem hell erleuchteten Försterhause erscholl festliche Musik, einzelne Gruppen von Menschen wallten durch die Gänge des Gartens. Ein paar traten im Gespräch näher und nahmen Platz auf der Bank, worauf ich früher gesessen hatte. Sie unterhielten sich von der an diesem Morgen vollzogenen Verbindung des reichen Herrn Rascal mit der Tochter des Hauses. – Es war also geschehen.

Ich streifte mit der Hand die Tarnkappe des sogleich mir verschwindenden Unbekannten von meinem Haupte weg und eilte stillschweigend, in die tiefste Nacht des Gebüsches mich versenkend, den Weg über Graf Peters Laube einschlagend, dem Ausgange des Gartens zu. Unsichtbar aber geleitete mich mein Plagegeist, mich mit scharfen Worten verfolgend. »Das ist also der Dank für die Mühe, die man genommen hat, Monsieur, der schwache Nerven hat, den langen lieben Tag hindurch zu pflegen. Und man soll den Narren im Spiele abgeben. Gut, Herr Trotzkopf, fliehn Sie nur vor mir, wir sind doch unzertrennlich. Sie haben mein Gold und ich Ihren Schatten; das läßt uns beiden keine Ruhe. – Hat man je gehört, daß ein Schatten von seinem Herrn gelassen hätte? Ihrer zieht mich Ihnen nach, bis Sie ihn wieder zu Gnaden annehmen und ich ihn los bin. Was Sie versäumt haben, aus frischer Lust zu tun, werden Sie, nur zu spät, aus Überdruß und Langeweile nachholen müssen; man entgeht seinem Schicksale nicht.« Er sprach aus demselben Tone fort und fort; ich floh umsonst, er ließ nicht nach, und immer gegenwärtig, redete er höhnend von Gold und Schatten. Ich konnte zu keinem eigenen Gedanken kommen.

Ich hatte durch menschenleere Straßen einen Weg nach meinem Hause eingeschlagen. Als ich davor stand und es ansah, konnte ich es kaum erkennen; hinter den eingeschla- genen Fenstern brannte kein Licht. Die Türen waren zu, kein Dienervolk regte sich mehr darin. Er lachte laut auf neben mir: »Ja, ja, so geht's! Aber ihren Bendel finden Sie wohl daheim; den hat man jüngst vorsorglich so müde nach Hause geschickt, daß er es wohl seitdem gehütet haben wird.« Er lachte wieder. »Der wird Geschichten zu erzählen haben! – Wohlan denn! Für heute gute Nacht, auf baldiges Wiedersehen!«

Ich hatte wiederholt geklingelt, es erschien Licht; Bendel frug von innen, wer geklingelt habe. Als der gute Mann meine Stimme er-kannte, konnte er seine Freude kaum bändigen; die Tür flog auf, wir lagen weinend einander in den Armen. Ich fand ihn sehr verändert, schwach und krank; mir war aber das Haar ganz grau geworden.

Er führte mich durch die verödeten Zimmer nach einem innern, verschont gebliebenen Gemach; er holte Speise und Trank herbei, wir setzten uns, er fing wieder an zu weinen. Er erzählte mir, daß er letzthin den graugekleideten dürren Mann, den er mit meinem Schatten angetroffen hatte, so lange und so weit geschlagen habe, bis er selbst meine Spur verloren und vor Müdigkeit hingesunken sei; daß nachher, wie er mich nicht wieder finden gekonnt, er nach Hause zurückgekehrt, wo bald darauf der Pöbel, auf Rascals Anstif-ten, herangestürmt, die Fenster eingeschlagen und seine Zerstö-rungslust gebüßt. So hatten sie an ihrem Wohltäter gehandelt. Mei-ne Dienerschaft war auseinandergeflohen. Die örtliche Polizei hatte mich als verdächtig aus der Stadt verwiesen und mir eine Frist von vierundzwanzig Stunden festgesetzt, um deren Gebiet zu verlassen. Zu dem, was mir von Rascals Reichtum und Vermählung bekannt war, wußte er noch vieles hinzuzufügen. Dieser Bösewicht, von dem alles ausgegangen, was hier gegen mich geschehen war, mußte von Anbeginn mein Geheimnis besessen haben; es schien, er habe, vom Golde angezogen, sich an mich zu drängen gewußt und schon in der ersten Zeit einen Schlüssel zu jenem Goldschrank sich ver-schafft, wo er den Grund zu dem Vermögen gelegt, das noch zu vermehren er jetzt verschmähen konnte.

Das alles erzählte mir Bendel unter häufigen Tränen und weinte dann wieder vor Freuden, daß er mich wiedersah, mich wieder hatte und daß, nachdem er lang gezweifelt, wohin das Unglück mich gebracht haben möchte, er mich es ruhig und gefaßt ertragen sah. Denn solche Gestaltung hatte nun die Verzweiflung in mir genommen. Ich sah mein Elend riesengroß, unwandelbar vor mir, ich hatte ihm meine Tränen ausgeweint, es konnte kein Geschrei mehr aus meiner Brust pressen, ich trug ihm kalt und gleichgültig mein entblößtes Haupt entgegen.

»Bendel«, hub ich an, »du weißt mein Los. Nicht ohne früheres Verschulden trifft mich schwere Strafe. Du sollst länger nicht, unschuldiger Mann, dein Schicksal an das meine binden; ich will es nicht. Ich reite die Nacht noch fort; sattle mir ein Pferd, ich reite allein; du bleibst, ich will's. Es müssen hier noch einige Kisten Goldes liegen, das behalte du. Ich werde allein unstät in der Welt wandern; wann mir aber je eine heitere Stunde wieder lacht und das Glück mich versöhnt anblickt, dann will ich deiner getreu gedenken, denn ich habe an deiner getreuen Brust in schweren, schmerzlichen Stunden geweint.« , Mit gebrochenem Herzen mußte der Redliche diesem letzten Befehle seines Herrn, worüber er in der Seele erschrak, gehorchen; ich war seinen Bitten, seinen Vorstellungen taub, blind seinen Tränen; er führte mir das Pferd vor. Ich drückte noch einmal den Weinenden an meine Brust, schwang mich in den Sattel und entfernte mich unter dem Mantel der Nacht von dem Grabe meines Lebens, unbekümmert, welchen Weg mein Pferd mich führen werde; denn ich hatte weiter auf Erden kein Ziel, keinen Wunsch, keine Hoffnung.

8

Es gesellte sich bald ein Fußgänger zu mir, welcher mich bat, nachdem er eine Weile neben meinem Pferde geschritten war, da wir doch denselben Weg hielten, einen Mantel, den er trug, hinten auf mein Pferd legen zu dürfen; ich ließ es stillschweigend geschehen. Er dankte mir mit leichtem Anstand für den leichten Dienst, lobte mein Pferd, nahm daraus Gelegenheit, das Glück und die Macht der Reichen hochzupreisen, und ließ sich, ich weiß nicht wie, in eine Art von Selbstgespräch ein, bei dem er mich bloß zum Zuhörer hatte.

Er entfaltete seine Ansichten von dem Leben und der Welt und kam sehr bald auf die Metaphysik, an die die Forderung erging, das Wort aufzufinden, das aller Rätsel Lösung sei. Er setzte die Aufgabe mit vieler Klarheit auseinander und schritt fürder zu deren Beantwortung.

Du weißt, mein Freund, daß ich deutlich erkannt habe, seitdem ich den Philosophen durch die Schule gelaufen, daß ich zur philosophischen Spekulation keineswegs berufen bin und daß ich mir dieses Feld völlig abgesprochen habe; ich habe seither vieles auf sich beruhen lassen, vieles zu wissen und zu begreifen Verzicht geleistet und bin, wie du es mir selber geraten, meinem geraden Sinn vertrauend, der Stimme in mir, soviel es in meiner Macht gewesen, auf dem eigenen Wege gefolgt. Nun schien mir dieser Redekünstler mit großem Talent ein festgefügtes Gebäude aufzuführen, das in sich selbst begründet sich emportrug und wie durch eine innere Notwendigkeit bestand. Nur vermißt ich ganz in ihm, was ich eben darin hätte suchen wollen, und so ward es mir zu einem bloßen Kunstwerk, dessen zierliche Geschlossenheit und Vollendung dem Auge allein zur Ergötzung diente; aber ich hörte dem wohlberedten Mahne gerne zu, der meine Aufmerksamkeit von meinem Leiden auf sich selbst abgelenkt, und ich hätte mich ihm willig ergeben, wenn er meine Seele wie meinen Verstand in Anspruch genommen hätte.

Mittlerweile war die Zeit hingegangen, und unbemerkt hatte schon die Morgendämmerung den Himmel erhellt; ich erschrak, als ich mit einemmal aufblickte und im Osten die Pracht der Farben sich entfalten sah, die die nahe Sonne verkünden, und gegen sie war in dieser Stunde, wo die Schlagschatten mit ihrer ganzen Ausdehnung prunken, kein Schutz, kein Bollwerk in der offenen Gegend zu ersehn! und ich war nicht allein! Ich warf einen Blick auf meinen Begleiter und erschrak wieder. – Es war kein anderer als der Mann im grauen Rock.

Er lächelte über meine Bestürzung und fuhr fort, ohne mich zum Wort kommen zu lassen: »Laßt doch, wie es einmal in der Welt Sitte ist, unsern wechselseitigen Vorteil uns auf eine Weile verbinden; zu scheiden haben wir immer noch Zeit. Die Straße hier längs dem Gebirge, ob Sie gleich noch nicht daran gedacht haben, ist doch die einzige, die Sie vernünftigerweise einschlagen können; hinab in das Tal dürfen Sie nicht, und über das Gebirge werden Sie noch weniger zurückkehren wollen, von wo Sie hergekommen sind – diese ist auch gerade meine Straße. – Ich sehe Sie schon vor der aufgehenden Sonne erblassen. Ich will Ihnen Ihren Schatten auf die Zeit unserer Gesellschaft leihen, und Sie dulden mich dafür in Ihrer Nähe; Sie haben so Ihren Bendel nicht mehr bei sich; ich will Ihnen gute Dienste leisten. Sie lieben mich nicht, das ist mir leid. Sie können mich darum doch benutzen. Der Teufel ist nicht so schwarz, als man ihn malt. Gestern haben Sie mich geärgert, das ist wahr; heute will ich's Ihnen nicht nachtragen, und ich habe Ihnen schon den Weg bis hierher verkürzt, das müssen Sie selbst gestehen. – Nehmen Sie doch nur einmal Ihren Schatten auf Probe wieder an.« Die Sonne war aufgegangen, auf der Straße kamen uns Menschen entgegen; ich nahm, obgleich mit innerlichem Widerwillen, den Antrag an. Er ließ lächelnd meinen Schatten zur Erde gleiten, der alsbald seine Stelle auf des Pferdes Schatten einnahm und lustig neben mir her trabte. Mir war sehr seltsam zumut. Ich ritt an einem Trupp Landleute vorbei, die vor einem wohlhabenden Mann ehrerbietig mit entblößtem Haupte Platz machten. Ich ritt weiter und blickte gierigen Auges und klopfenden Herzens seitwärts vom Pferde herab auf diesen sonst meinen Schatten, den ich jetzt von einem Fremden, ja von einem Feinde erborgt hatte.

Dieser ging unbekümmert nebenher und pfiff eben ein Liedchen. Er zu Fuß, ich zu Pferd, ein Schwindel ergriff mich, die Versuchung war zu groß, ich wandte plötzlich die Zügel, drückte beide Sporen an, und so in voller Karriere einen Seitenweg eingeschlagen; aber ich entführte den Schatten nicht, der bei der Wendung vom Pferde glitt und seinen gesetzmäßigen Eigentümer auf der Landstraße erwartete. Ich mußte beschämt umlenken, der Mann im grauen Rocke, als er ungestört sein Liedchen zu Ende gebracht, lachte mich aus, setzte mir den Schatten wieder zurecht und belehrte mich, er würde erst an mir festhangen und bei mir bleiben wollen, wenn ich ihn wiederum als rechtmäßiges Eigentum besitzen würde. »Ich halte Sie«, fuhr er fort, »am Schatten fest, und Sie kommen mir nicht los. Ein reicher Mann, wie Sie, braucht einmal einen Schatten, das ist nicht anders; Sie sind nur darin zu tadeln, daß Sie es nicht früher eingesehen haben.« –

Ich setzte meine Reise auf derselben Straße fort; es fanden sich bei mir alle Bequemlichkeiten des Lebens und selbst ihre Pracht wieder ein; ich konnte mich frei und leicht bewegen, da ich einen, obgleich nur erborgten Schatten besaß, und ich flößte überall die Ehrfurcht ein, die der Reichtum gebietet; aber ich hatte den Tod im Herzen. Mein wundersamer Begleiter, der sich selbst für den unwürdigen Diener des reichsten Mannes in der Welt ausgab, war von einer außerordentlichen Dienstfertigkeit, über die Maßen gewandt und geschickt, der wahre Inbegriff eines Kammerdieners für einen reichen Mann; aber er wich nicht von meiner Seite und führte unaufhörlich das Wort gegen mich, stets die größte Zuversicht an den Tag legend, daß ich endlich, sei es auch nur, um ihn loszuwerden, den Handel mit dem Schatten abschließen würde. – Er war mir ebenso lästig als verhaßt. Ich konnte mich ordentlich vor ihm fürchten. Ich hatte mich von ihm abhängig gemacht. Er hielt mich, nachdem er mich in die Herrlichkeit der Welt, die ich floh, zurückgeführt hatte. Ich mußte seine Beredsamkeit über mich ergehen lassen und fühlte schier, er habe recht. Ein Reicher muß in der Welt einen Schatten haben, und sobald ich den Stand behaupten wollte, den er mich wieder geltend zu machen verleitet hatte, war nur ein Ausgang zu ersehen. Dieses aber stand bei mir fest, nachdem ich meine Liebe hingeopfert, nachdem mir das Leben verblaßt war, wollt ich meine Seele nicht, sei es um alle Schatten der Welt, dieser Kreatur verschreiben. Ich wußte nicht, wie es enden sollte.

Wir saßen einst vor einer Höhle, welche die Fremden, die das Gebirg bereisen, zu besuchen pflegen. Man hört dort das Gebrause unterirdischer Ströme aus ungemessener Tiefe heraufschallen, und kein Grund scheint den Stein, den man hineinwirft, in seinem hallenden Fall aufzuhalten. Er malte mit, wie er öfters tat, mit verschwenderischer Einbildungskraft und im schimmernden Reize der glänzendsten Farben sorgfältig ausgeführte Bilder von dem, was ich in der Welt kraft meines Säckels ausführen würde, wenn ich erst meinen Schatten wieder in meiner Gewalt hätte. Die Ellenbogen auf die Knie gestützt, hielt ich mein Gesicht in meinen Händen verborgen und hörte dem Falschen zu, das Herz zwiefach geteilt zwischen der Verführung und dem strengen Willen in mir. Ich konnte bei solchem innerlichen Zwiespalt länger nicht ausdauern und begann den entscheidenden Kampf:

»Sie scheinen, mein Herr, zu vergessen, daß ich Ihnen zwar erlaubt habe, unter gewissen Bedingungen in meiner Begleitung zu bleiben, daß ich mir aber meine völlige Freiheit vorbehalten habe.« – »Wenn Sie befehlen, so pack ich ein.« Die Drohung war ihm geläufig. Ich schwieg; er setzte sich gleich daran, meinen Schatten wieder zusammenzurollen. Ich erblaßte; aber ich ließ es stumm geschehen. Es erfolgte ein langes Stillschweigen. Er nahm zuerst das Wort:

»Sie können mich nicht leiden, mein Herr, Sie hassen mich, ich weiß es; doch warum hassen Sie mich? Ist es etwa, weil Sie mich auf öffentlicher Straße angefallen und mir mein Vogelnest mit Gewalt zu rauben gemeint? Oder ist es darum, daß Sie mein Gut, den Schatten, den Sie Ihrer bloßen Ehrlichkeit anvertraut glaubten, mir diebischerweise zu entwenden gesucht haben? Ich meinerseits hasse Sie darum nicht; ich finde ganz natürlich, daß Sie alle Ihre Vorteile, List und Gewalt geltend zu machen suchen; daß Sie übrigens die allerstrengsten Grundsätze haben und wie die Ehrlichkeit selbst denken, ist eine Liebhaberei, wogegen ich auch nichts habe. – Ich denke in der Tat nicht so streng als Sie; ich handle bloß, wie Sie denken. Oder hab ich Ihnen etwa irgendwann den Daumen auf die Gurgel gedrückt, um Ihre werteste Seele, zu der ich einmal Lust habe, an mich zu bringen? Hab ich von wegen meines ausgetauschten Säckels einen Diener auf Sie losgelassen? Hab ich Ihnen damit durchzugehen versucht?« Ich hatte dagegen nichts zu erwidern; er fuhr fort: »Schon recht, mein Herr, schon recht! Sie können mich nicht leiden; auch das begreife ich wohl und verarge es Ihnen weiter nicht. Wir müssen scheiden, das ist klar, und auch Sie fangen an, mir sehr langweilig vorzukommen. Um sich also meiner ferneren beschämenden Gegenwart völlig zu entziehen, rate ich es Ihnen noch einmal: Kaufen Sie mir das Ding ab.« – Ich hielt ihm den Säckel hin: »Um den Preis.»« – »Nein!« – Ich seufzte schwer auf und nahm wieder das Wort: »Auch also. Ich dringe darauf, mein Herr, laßt uns scheiden, vertreten Sie mir länger nicht den Weg auf einer Welt, die hoffentlich geräumig genug ist für uns beide.« Er lächelte und erwiderte: »Ich gehe, mein Herr; zuvor aber will ich Sie unterrichten, wie Sie mir klingeln können, wenn Sie je Verlangen nach Ihrem untertänigsten Knecht tragen sollten: Sie brauchen nur Ihren Säckel zu schütteln; daß die ewigen Goldstücke darinnen rasseln;

der Ton zieht mich augenblicklich an. Ein jeder denkt auf seinen Vorteil in dieser Welt; Sie sehen, daß ich auf Ihren zugleich bedacht bin: denn ich eröffne Ihnen offenbar eine neue Kraft. – O dieser Säckel! – Und hätten gleich die Motten Ihren Schatten schon aufgefressen, der würde noch ein starkes Band zwischen uns sein. Genug, Sie haben mich an meinem Gold, befehlen Sie auch in der Ferne über ihren Knecht; Sie wissen, daß ich mich meinen Freunden dienstfertig genug erweisen kann und daß die Reichen besonders gut mit mir stehen; Sie haben es selbst gesehen. – Nur Ihren Schatten, mein Herr – das lassen Sie sich gesagt sein – nie wieder als unter einer einzigen Bedingung.«

Gestalten der alten Zeit traten vor meine Seele. Ich frug ihn schnell: »Hatten Sie eine Unterschrift vom Herrn John?« – Er lächelte. – »Mit einem so guten Freund hab ich es keineswegs nötig gehabt.« – »Wo ist er? Bei Gott, ich will es wissen!« Er steckte zögernd die Hand in die Tasche, und daraus, bei den Haaren hervorgezogen, erschien Thomas Johns bleiche entstellte Gestalt, und die blauen Leichenlippen bewegten sich zu den schweren Worten: »Justo judicio Dei judicatus sum; justo judicio Dei condemnatus sum.« Ich entsetzte mich, und schnell den klingenden Säckel in den Abgrund werfend, sprach ich zu ihm die letzten Worte: »So beschwör ich dich im Namen Gottes, Entsetzlicher! Hebe dich von dannen und lasse dich nie wieder vor meinen Augen blicken!« Er erhub sich finster und verschwand sogleich hinter den Felsenmassen, die den wildbewachsenen Ort begrenzten.

9

Ich saß da ohne Schatten und ohne Geld; aber ein schweres Gewicht war von meiner Brust genommen, ich war heiter. Hätte ich nicht auch meine Liebe verloren, oder hätt ich mich nur bei deren Verlust vorwurfsfrei gefühlt, ich glaube, ich hätte glücklich sein können – ich wußte aber nicht, was ich anfangen sollte. Ich durchsuchte meine Taschen und fand noch einige Goldstücke darin; ich zählte sie und lachte. – Ich hatte meine Pferde unten im Wirtshause; ich schämte mich, dahin zurückzukehren, ich mußte wenigstens den Untergang der Sonne erwarten; sie stand noch hoch am Himmel. Ich legte mich in den Schatten der nächsten Bäume und schlief ruhig ein.

Anmutige Bilder verwoben sich mir im lustigen Tanze zu einem gefälligen Traum. Mina, einen Blumenkranz in den Haaren, schwebte an mir vorüber und lächelte mich freundlich an. Auch der ehrliche Bendel war mit Blumen bekränzt und eilte mit freundlichem Gruße vorüber. Viele sah ich noch, und wie mich dünkt, auch dich, Chamisso, im fernen Gewühl; ein helles Licht schien, es hatte aber keiner einen Schatten, und was seltsamer ist, es sah nicht übel aus – Blumen und Lieder, Liebe und Freude unter Palmenhainen. – – Ich konnte die beweglichen, leicht verwehten, lieblichen Gestalten weder festhalten noch deuten; aber ich weiß, daß ich gerne solchen Traum träumte und mich vor dem Erwachen in acht nahm; ich wachte wirklich schon und hielt noch die Augen zu, um die weichenden Erscheinungen länger vor meiner Seele zu behalten.

Ich öffnete endlich die Augen; die Sonne stand noch am Himmel, aber im Osten; ich hatte die Nacht verschlafen. Ich nahm es für ein Zeichen, daß ich nicht nach dem Wirtshause zurückkehren sollte. Ich gab leicht, was ich dort noch besaß, verloren und beschloß, eine Nebenstraße, die durch den waldbewachsenen Fuß des Gebirges führte, zu Fuß einzuschlagen, dem Schicksal es anheimstellend, was es mit mir vorhatte, zu erfüllen. Ich schaute nicht hinter mich zurück und dachte auch nicht daran, an Bendel, den ich reich zurückgelassen hatte, mich zu wenden, welches ich allerdings gekonnt hätte. Ich sah mich an auf den neuen Charakter, den ich in der Welt bekleiden sollte: Mein Anzug war sehr bescheiden. Ich hatte eine alte schwarze Kurtka an, die ich schon in Berlin getragen und die mir, ich weiß nicht wie, zu dieser Reise erst wieder in die Hand gekommen war. Ich hatte sonst eine Reisemütze auf dem Kopf und ein Paar alte Stiefel an den Füßen. Ich erhob mich, schnitt mir an selbiger Stelle einen Knotenstock zum Andenken und trat sogleich meine Wanderung an.

Ich begegnete im Wald einem alten Bauer, der mich freundlich begrüßte und mit dem ich mich in Gespräch einließ. Ich erkundigte mich, wie ein wißbegieriger Reisender, erst nach dem Wege, dann nach der Gegend und deren Bewohnern, den Erzeugnissen des Gebirges und derlei mehr. Er antwortete verständig und redselig auf meine Fragen. Wir kamen an das Bette eines Bergstromes, der über einen weiten Strich des Waldes seine Verwüstung verbreitet hatte. Mich schauderte innerlich vor dem sonnenhellen Raum; ich ließ den Landmahn vorangehen. Er hielt aber mitten im gefährlichen Orte still und wandte sich zu mir, um mir die Geschichte dieser Verwüstung zu erzählen. Er bemerkte bald, was mir fehlte, und hielt mitten in seiner Rede ein: »Aber wie geht denn das zu? Der Herr hat ja keinen Schatten!« – »Leider! Leider!« erwiderte ich seufzend. »Es sind mir während einer bösen langen Krankheit Haare, Nägel und Schatten ausgegangen. Seht, Vater, in meinem Alter, die Haare, die ich wieder gekriegt habe, ganz weiß, die Nägel sehr kurz, und der Schatten, der will noch nicht wieder wachsen.« – »Ei, ei!« versetzte der alte Mann kopfschüttelnd. »Keinen Schatten, das ist bös! das war eine böse Krankheit, die der Herr gehabt hat.« Aber er hub seine Erzählung nicht wieder an, und bei dem nächsten Querweg, der sich darbot, ging er, ohne ein Wort zu sagen, von mir ab. – Bittere Tränen zitterten aufs neue auf meinen Wangen, und meine Heiterkeit war hin.

Ich setzte traurigen Herzens meinen Weg fort und suchte ferner keines Menschen Gesellschaft. Ich hielt mich im dunkelsten Walde und mußte manchmal, um über einen Strich, wo die Sonne schien, zu kommen, stundenlang darauf warten, daß mir keines Menschen Auge den Durchgang verbot. Am Abend suchte ich Herberge in den Dörfern zu nehmen. Ich ging eigentlich nach einem Bergwerk im Gebirge, wo ich Arbeit unter der Erde zu finden gedachte; denn, davon abgesehen, daß meine jetzige Lage mir gebot, für meinen Lebensunterhalt selbst zu sorgen, hatte ich dieses wohl erkannt, daß mich allein angestrengte Arbeit gegen meine zerstörenden Gedanken schützen könnte.

Ein paar regnichte Tage förderten mich leicht auf dem Weg, aber auf Kosten meiner Stiefel, deren Sohlen für den Grafen Peter und nicht für den Fußknecht berechnet worden. Ich ging schon auf den bloßen Füßen. Ich mußte ein Paar neue Stiefel anschaffen. Am nächsten Morgen besorgte ich dieses Geschäft mit vielem Ernst in einem Flecken, wo Kirmes war und wo in einer Bude alte und neue Stiefel zu Kauf standen. Ich wählte und handelte lange. Ich mußte auf ein Paar neue, die ich gern gehabt hätte, Verzicht leisten; mich schreckte die unbillige Forderung. Ich begnügte mich also mit alten, die noch gut und stark waren und die mir der schöne, blondlockige Knabe, der die Bude hielt, gegen gleich bare Bezahlung freundlich lächelnd einhändigte, indem er mir Glück auf den Weg wünschte.

Ich zog sie gleich an und ging zum nördlich gelegenen Tor aus dem Ort.

Ich war in meinen Gedanken sehr vertieft und sah kaum, wo ich den Fuß hinsetzte; denn ich dachte an das Bergwerk, wo ich auf den Abend noch anzulangen hoffte und wo ich nicht recht wußte, wie ich mich ankündigen sollte. Ich war noch keine zweihundert Schritte gegangen, als ich bemerkte, daß ich aus dem Wege gekommen war; ich sah mich danach um, ich befand mich in einem wüsten, uralten Tannenwalde, woran die Axt nie gelegt worden zu sein schien. Ich drang noch einige Schritte vor; ich sah mich mitten unter öden Felsen, die nur mit Moos, und Steinbrucharten bewachsen waren und zwischen welchen Schnee- und Eisfelder lagen. Die Luft war sehr kalt, ich sah mich um, der Wald war hinter mir verschwunden. Ich machte noch einige Schritte – um mich herrschte die Stille des Todes, unabsehbar dehnte sich das Eis, worauf ich stand und worauf ein dichter Nebel schwer ruhte; die Sonne stand blutig am Rande des Horizontes. Die Kälte war unerträglich. Ich wußte nicht, wie mir geschehen war; der erstarrende Frost zwang mich, meine Schritte zu beschleunigen; ich vernahm nur das Gebrause ferner Gewässer: Ein Schritt, und ich war am Eisufer eines Ozeans. Unzählbare Herden von Seehunden stürzten sich vor mir rauschend in die Flut. Ich folgte diesem Ufer, ich sah wieder nackte Felsen, Land, Birken- und Tannenwälder, ich lief noch ein paar Minuten gerade vor mir hin. Es war erstickend heiß, ich sah mich um, ich stand zwischen schön gebauten Reisfeldern und Maulbeerbäumen. Ich setzte mich in deren Schatten, ich sah nach meiner Uhr, ich hatte vor nicht einer Viertelstunde den Marktflecken verlassen – ich glaubte zu träumen, ich biß mich in die Zunge, um mich zu erwecken; aber ich wachte wirklich. – Ich schloß die Augen zu, um meine Gedanken zusammenzufassen. – Ich hörte vor mir seltsame Silben durch die Nase zählen; ich blickte auf: Zwei Chinesen, an der asiatischen Gesichtsbildung unverkennbar, wenn ich auch ihrer Kleidung keinen Glauben beimessen wollte, redeten mich mit landesüblichen Begrüßungen in ihrer Sprache an; ich stand auf und trat zwei Schritte zurück. Ich sah sie nicht mehr, die Landschaft war ganz verändert: Bäume, Wälder statt der Reisfelder. Ich betrachtete diese Bäume und die Kräuter, die um mich blühten; die ich kannte, waren südöstlich-asiatische Gewächse; ich wollte auf den einen

Baum zugehen, ein Schritt – und wiederum alles verändert. Ich trat nun an wie ein Rekrut, der geübt wird, und schritt langsam, gesetzt einher. Wunderbar veränderliche Länder, Fluren, Auen, Gebirge, Steppen, Sändwüsten entrollten sich vor meinem staunenden Blick: Es war kein Zweifel, ich hatte Siebenmeilenstiefel an den Füßen.

10

Ich fiel in stummer Andacht auf meine Knie und vergoß Tränen des Dankes – denn klar stand plötzlich meine Zukunft vor meiner Seele. Durch frühe Schuld von der menschlichen Gesellschaft ausgeschlossen, ward ich zum Ersatz an die Natur, die ich stets geliebt, gewiesen, die Erde mir zu einem reichen Garten gegeben, das Studium zur Richtung und Kraft meines Lebens, zu ihrem Ziel die Wissenschaft. Es war nicht ein Entschluß, den ich faßte. Ich habe nur seitdem, was da hell und vollendet im Urbild vor mein inneres Auge trat, getreu mit stillem, strengem, unausgesetztem Fleiß darzustellen gesucht, und meine Selbstzufriedenheit hat von dem Zusammenfallen des Dargestellten mit dem Urbild abgehangen.

Ich raffte mich auf, um ohne Zögern mit flüchtigem Überblick Besitz von dem Felde zu nehmen, wo ich künftig ernten wollte. – Ich stand auf den Höhen des Tibet, und die Sonne, die mir vor wenigen Stunden aufgegangen war, neigte sich hier schon am Abendhimmel; ich durchwanderte Asien von Osten gegen Westen, sie in ihrem Lauf einholend, und trat in Afrika ein. Ich sah mich neugierig darin um, indem ich es wiederholt in allen Richtungen durchmaß. Wie ich durch Ägypten die alten Pyramiden und Tempel angaffte, erblickte ich in der Wüste, unfern des hunderttorigen Theben, die Höhlen, wo christliche Einsiedler sonst wohnten. Es stand plötzlich fest und klar in mir: hier ist dein Haus. – Ich erkor eine der verborgensten, die zugleich geräumig, bequem und den Schakalen unzugänglich war, zu meinem künftigen Aufenthalte und setzte meinen Stab weiter.

Ich trat bei den Herkules-Säulen nach Europa über, und nachdem ich seine südlichen und nördlichen Provinzen in Augenschein genommen, trat ich von Nordasien über den Polargletscher nach Grönland und Amerika über, durchschweifte die beiden Teile dieses Kontinents, und der Winter, der schon im Süden herrschte, trieb mich schnell vom Kap Horn nordwärts zurück.

Ich verweilte mich, bis es im östlichen Asien Tag wurde, und setzte erst nach einiger Ruh meine Wanderung fort. Ich verfolgte durch beide Amerika die Bergkette, die die höchsten bekannten Unebenheiten unserer Kugel in sich faßt. Ich schritt langsam und vorsichtig von Gipfel zu Gipfel, bald über flammende Vulkane, bald über beschneite Kuppeln, oft mit Mühe atmend; ich erreichte den Eliasberg und sprang über die Beringstraße nach Asien. – Ich verfolgte dessen westliche Küsten in ihren vielfachen Wendungen und untersuchte mit besonderer Aufmerksamkeit, welche der dort gelegenen Inseln mir zugänglich wären. Von der Halbinsel Malakka trugen mich meine Stiefel auf Sumatra, Java, Bali und Lamboc; ich versuchte, selbst oft mit Gefahr und dennoch immer vergebens, mir über die kleinern Inseln und Felsen, wovon dieses Meer starrt, einen Übergang nordwestlich nach Borneo und andern Inseln dieses Archipelagus zu bahnen. Ich mußte die Hoffnung aufgeben. Ich setzte mich endlich auf die äußerste Spitze von Lamboc nieder, und das Gesicht gegen Süden und Osten gewendet, weint ich wie am festverschlossenen Gitter meines Kerkers, daß ich doch so bald meine Begrenzung gefunden. Das merkwürdige, zum Verständnis der Erde und ihres sonnengewirkten Kleides, der Pflanzen- und Tierwelt, so wesentlich notwendige Neuholland und die Südsee mit ihren Zoophyteninseln waren mir untersagt, und so war im Ursprunge schon alles, was ich sammeln und erbauen sollte, bloßes Fragment zu bleiben verdammt. – O mein Adelbert, was ist es doch um die Bemühungen der Menschen!

Oft habe ich im strengsten Winter der südlichen Halbkugel vom Kap Horn aus jene zweihundert Schritte, die mich etwa vom Land van Diemen und Neuholland trennten, selbst unbekümmert um die Rückkehr, und sollte sich dieses schlechte Land über mich wie der Deckel meines Sarges schließen, über den Polargletscher westwärts zurückzulegen versucht, habe über Treibeis mit törichter Wagnis verzweiflungsvolle Schritte getan, der Kälte und dem Meere Trotz geboten. Umsonst, noch bin ich auf Neuholland nicht gewesen – ich kam dann jedesmal auf Lamboc zurück und setzte mich auf seine äußerste Spitze nieder und weinte wieder, das Gesicht gen Süden und Osten gewendet, wie am festverschlossenen Gitter meines Kerkers.

Ich riß mich endlich von dieser Stelle und trat mit traurigem Herzen wieder in das innere Asien; ich durchschweifte es fürder, die Morgendämmerung nach Westen verfolgend, und kam noch in der Nacht in die Thebais zu meinem vorbestimmten Hause, das ich in den gestrigen Nachmittagsstunden berührt hatte.

Sobald ich etwas ausgeruht und es Tag über Europa war, ließ ich meine erste Sorge sein, alles anzuschaffen, was ich bedurfte. – Zuvörderst Hemmschuhe; denn ich hatte erfahren, wie unbequem es sei, seinen Schritt nicht anders verkürzen zu können, um nahe Gegenstände gemächlich zu untersuchen, als indem man die Stiefel auszieht. Ein Paar Pantoffeln, übergezogen, hatten völlig die Wirkung, die ich mir davon versprach, und späterhin trug ich sogar deren immer zwei Paar bei mir, weil ich öfters welche von den Füßen warf, ohne Zeit zu haben, sie aufzuheben, wenn Löwen, Menschen oder Hyänen mich beim Botanisieren aufschreckten. Meine sehr gute Uhr war auf die kurze Dauer meiner Gänge ein vortreffliches Chronometer. Ich brauchte noch außerdem einen Sextanten, einige physikalische Instrumente und Bücher. Ich machte, dieses alles herbeizuschaffen, etliche bange Gänge nach London und Paris, die ein mir günstiger Nebel eben beschattete. Als der Rest meines Zaubergoldes erschöpft war, bracht ich leicht zu findendes afrikanisches Elfenbein, als Bezahlung herbei, wobei ich freilich die kleinsten Zähne, die meine Kräfte nicht überstiegen, auswählen mußte. Ich ward bald mit allem versehen und ausgerüstet, und ich fing sogleich als privatisierender Gelehrter meine neue Lebensweise an. Ich streifte auf der Erde umher, bald ihre Höhen, bald die Temperatur ihrer Quellen und die der Luft messend, bald Tiere beobachtend, bald Gewächse untersuchend; ich eilte von dem Äquator nach dem Pole, von der einen Welt nach der andern, Erfahrungen mit Erfahrungen vergleichend. Die Eier der afrikanischen Strauße oder der nördlichen Seevögel und Früchte, besonders der Tropenpalmen und Bananen, waren meine gewöhnlichste Nahrung. Für mangelndes Glück hatt ich als Surrogat die Nicotiana, und für menschliche Teilnahme und Bande die Liebe eines treuen Pudels, der mir meine Höhle in der Thebais bewachte und, wenn ich mit neuen Schätzen beladen zu ihm zurückkehrte, freudig an mich sprang und es mich doch menschlich empfinden ließ, daß ich nicht allein auf der Erde sei. Noch sollte mich ein Abenteuer unter die Menschen zurückführen.

11

Als ich einst auf Nordlands Küsten, meine Stiefel gehemmt, Flechten und Algen sammelte, trat mir unversehens um die Ecke eines Felsens ein Eisbär entgegen. Ich wollte, nach weggeworfenen Pantoffeln, auf eine gegenüberliegende Insel treten, zu der mir ein dazwischen aus den Wellen hervorragender nackter Felsen den Übergang bahnte. Ich trat mit dem einen Fuß auf den Felsen fest auf und stürzte auf der andern Seite in das Meer, weil mir unbemerkt der Pantoffel am andern Fuß haftengeblieben war.

Die große Kälte ergriff mich, ich rettete mit Mühe mein Leben aus dieser Gefahr; sobald ich Land hielt, lief ich, so schnell ich konnte, nach der Libyschen Wüste, um mich da an der Sonne zu trocknen. Wie ich ihr aber ausgesetzt war, brannte sie mir so heiß auf den Kopf, daß ich sehr krank wieder nach Norden taumelte. Ich suchte durch heftige Bewegung mir Erleichterung zu verschaffen und lief mit unsichern, raschen Schritten von Westen nach Osten und von Osten nach Westen. Ich befand mich bald in dem Tag und bald in der Nacht, bald im Sommer und bald in der Winterkälte.

Ich weiß nicht, wie lange ich mich so auf der Erde, herumtaumelte. Ein brennendes Fieber glühte durch meine Adern, ich fühlte mit großer Angst die Besinnung mich verlassen. Noch wollte das Unglück, daß ich bei so unvorsichtigem Laufen jemanden auf den Fuß trat. Ich mochte ihm weh getan haben; ich erhielt einen starken Stoß, und ich fiel hin. –

Als ich zuerst zum Bewußtsein zurückkehrte, lag ich gemächlich in einem guten Bette, das unter vielen andern Betten in einem geräumigen und schönen Saale stand. Es saß mir jemand zu Häupten; es gingen Menschen durch den Saal von einem Bette zum andern. Sie kamen vor das meine und unterhielten sich von mir. Sie nannten mich aber Numero Zwölf, und an der Wand zu meinen Füßen stand doch ganz gewiß, es war- keine Täuschung, ich konnte es deutlich lesen, auf schwarzer Marmortafel mit großen goldenen Buchstaben mein Name ganz richtig geschrieben. Auf der Tafel standen noch unter meinem Namen zwei Reihen Buchstaben; ich war aber zu schwach, um sie zusammenzubringen, ich machte die Augen wieder zu. –

Ich hörte etwas, worin von Peter Schlemihl die Rede war, laut und vernehmlich ablesen, ich konnte aber den Sinn nicht fassen; ich sah einen freundlichen Mann und eine sehr schöne Frau in schwarzer Kleidung vor meinem Bette erscheinen. Die Gestalten waren mir nicht fremd, und ich konnte sie nicht erkennen.

Es verging einige Zeit, und ich kam wieder zu Kräften. Ich hieß Numero Zwölf, und Numero Zwölf galt seines langen Bartes wegen für einen Juden, darum er aber nicht minder sorgfältig gepflegt wurde. Daß er keinen Schatten hatte, schien unbemerkt geblieben zu sein. Meine Stiefel befanden sich, wie man mich versicherte, nebst allem, was man bei mir gefunden, als ich hiehergebracht worden, in gutem und sicherem Gewahrsam, um mir nach meiner Genesung wieder zugestellt zu werden. Der Ort, worin ich krank lag, hieß das SCHLEMIHLIUM; was täglich von Peter Schlemihl abgelesen wurde, war eine Ermahnung, für denselben als den Urheber und Wohltäter dieser Stiftung zu beten. Der freundliche Mann, den ich an meinem Bette gesehen hatte, war Bendel, die schöne Frau war Mina.

Ich genas unerkannt im Schlemihlio und erfuhr noch mehr: Ich war in Bendels Vaterstadt, wo er aus dem Überrest meines sonst nicht gesegneten Goldes dies Hospitium, wo Unglückliche mich segneten, unter meinem Namen gestiftet hatte, und er führte über dasselbe die Aufsicht. Mina war Witwe; ein unglücklicher Kriminalprozeß hatte dem Herrn Rascal das Leben und ihr selbst ihr mehrstes Vermögen gekostet. Ihre Eltern waren nicht mehr. Sie lebte hier als eine gottesfürchtige Witwe und übte Werke der Barmherzigkeit.

Sie unterhielt sich einst am Bette Numero Zwölf mit dem Herrn Bendel: »Warum, edle Frau, wollen Sie sich so oft der bösen Luft, die hier herrscht, aussetzen? Sollte denn das Schicksal mit Ihnen so hart sein, daß Sie zu Sterben begehrten?« – »Nein, Herr Bendel, seit ich meinen langen Traum ausgeträumt habe und in mir selber erwacht bin, geht es mir wohl; seitdem wünsche ich nicht mehr und fürchte nicht mehr den Tod. Seitdem denke ich heiter an Vergangenheit und Zukunft. Ist es nicht auch mit stillem innerlichem Glück, daß Sie jetzt auf so gottselige Weise Ihrem Herrn und Freunde dienen?« – »Sei Gott gedankt, ja, edle Frau. Es ist uns doch wundersam ergangen; wir haben viel Wohl und bittres Weh unbedachtsam aus dem vollen Becher geschlürft. Nun ist er leer; nun möchte einer meinen, das sei alles nur die Probe gewesen, und, mit kluger Einsicht gerüstet, den wirklichen Anfang erwarten. Ein anderer ist nun der wirkliche Anfang, und man wünscht das erste Gaukelspiel nicht zurück und ist dennoch im ganzen froh, es, wie es war, gelebt zu haben. Auch find ich in mir das Zutrauen, daß es nun unserm alten Freunde besser gehen muß als damals.« – »Auch in mir«, erwiderte die schöne Witwe, und sie gingen an mir vorüber.

Dieses Gespräch hatte einen tiefen Eindruck in mir zurückgelassen; aber ich zweifelte im Geiste, ob ich mich zu erkennen geben oder unerkannt von dannen gehen sollte. – Ich entschied mich. Ich ließ mir Papier und Bleistift geben und schrieb die Worte: »Auch Eurem alten Freunde ergeht es nun besser als damals, und büßet er, so ist es Buße der Versöhnung!«

Hierauf begehrte ich, mich anzuziehen, da ich mich stärker befände. Man holte den Schlüssel zu dem kleinen Schrank, der neben meinem Bette stand, herbei. Ich fand alles, was mir gehörte, darin. Ich legte meine Kleider an, hing meine botanische Kapsel, worin ich mit Freuden meine nordischen Flechten wiederfand, über meine schwarze Kurtka um, zog meine Stiefel an, legte den geschriebenen Zettel auf mein Bett, und sowie die Tür aufging, war ich schon weit auf dem Wege nach der Thebais.

Wie ich längs der syrischen Küste den Weg, auf dem ich mich zum letztenmal vom Hause entfernt hatte, zurücklegte, sah ich mir meinen armen Figaro entgegenkommen. Dieser vortreffliche Pudel schien seinem Herrn, den er lange zu Hause erwartet haben mochte, auf der Spur nachgehen zu wollen. Ich stand still und rief ihm zu. Er sprang bellend an mich mit tausend rührenden Äußerungen seiner unschuldigen, ausgelassenen Freude. Ich nahm ihn unter den Arm, denn freilich konnte er mir nicht folgen, und brachte ihn mit mir wieder nach Hause.

Ich fand dort alles in der alten Ordnung und kehrte nach und nach, sowie ich wieder Kräfte bekam, zu meinen vormaligen Beschäftigungen und zu meiner alten Lebensweise zurück; nur daß ich mich ein ganzes Jahr hindurch der mir ganz unzuträglichen Polarkälte enthielt.

Und so, mein lieber Chamisso, leb ich noch heute. Meine Stiefel nutzen sich nicht ab, wie das sehr gelehrte Werk des berühmten Tieckius, de rebus gestis Pollicilli, es mich anfangs befürchten lassen. Ihre Kraft bleibt ungebrochen; nur meine Kraft geht dahin; doch hab ich den Trost, sie an einen Zweck in fortgesetzter Richtung und nicht fruchtlos verwendet zu haben. Ich habe, so weit meine Stiefel gereicht, die Erde, ihre Gestaltung, ihre Höhen, ihre Temperatur, ihre Atmosphäre in ihrem Wechsel, die Erscheinungen ihrer magnetischen Kraft, das Leben auf ihr besonders im Pflanzenreiche gründlicher kennengelernt als vor mir irgendein Mensch. Ich habe die Tatsachen mit möglichster Genauigkeit in klarer Ordnung aufgestellt in mehreren Werken, meine Folgerungen und Ansichten flüchtig in einigen Abhandlungen niedergelegt. – Ich habe die Geographie vom Innern von Afrika und von den nördlichen Polarländern, vom Innern von Asien und von seinen östlichen Küsten festgesetzt. Meine »Historia stirpium plantarum utriusque orbis« steht da als ein großes Fragment der Flora universalis terrae und als ein Glied meines Systema naturae. Ich glaube darin nicht bloß die Zahl der bekannten Arten müßig um mehr als ein Drittel vermehrt zu haben, sondern auch etwas für das natürliche System und für die Geographie der Pflanzen getan zu haben. Ich arbeite jetzt fleißig an meiner Fauna. Ich werde Sorge tragen, daß vor meinem Tode meine Manuskripte bei der Berliner Universität niedergelegt werden.

Und dich, dein lieber Chamisso, hab ich zum Bewahrer meiner wundersamen Geschichte erkoren, auf daß sie vielleicht, wenn ich von der Erde verschwunden bin, manchen ihrer Bewohner zur nützlichen Lehre gereichen könne. Du aber, mein Freund, willst du unter den Menschen leben, so lerne verehren zuvörderst den Schatten, sodann das Geld. Willst du nur dir und deinem bessern Selbst leben, oh, so brauchst du keinen Rat.

Explicit.

Memoire über die Ereignisse bei der Kapitulation von Hameln

1808

Aufgefordert, von meinem ganzen Dienstbenehmen während des letzten Krieges und von meiner eigenen Gefangennehmung Auskunft zu geben, lege ich dem hochlöblichen Tribunal zu fernerer strenger Prüfung folgenden Bericht darüber ab.

Ich habe während der Berennung und bei der Einnahme Hamelns durch den Feind – einziges Kriegsereignis, wobei ich mich befunden – keine eigene Kommission erhalten, worüber ich besonders Rechenschaft abzulegen hätte, und habe nur beim Regiment, und zwar beim zweiten Bataillon und der Kompanie von Lochau, gleiche Gesinnung und gleiches Schicksal mit meinen wackern Kameraden geteilt. Nichts- destoweniger habe ich Gelegenheit gehabt, an den Tag zu legen, daß ich in ihrem Sinne mit einverstanden war, der sich gegen eine schmachvolle Übergabe der Festung vor dem Angriffe kraftvoll erhob. Ich erinnere, daß ich am Tage, wo bei zu befürchtender Überantwortung der Stadt der Obrist v. X., der sämtliche Forts kommandierte, das zweite Bataillon von Oranien, das eben vom Fort abgelöst worden war, wieder herauf berief, versprechend, daß er nach Soldatenart die ihm anvertrauten Mauern bis auf den letzten Stein verteidigen wolle, daß ich, der ich mir in der letzten Nacht einen Fuß im Dienste beschädigt hatte, so daß ich nur mit Mühe gehen konnte, vom Fort Nr. 2 nach dem Fort Nr. 1 stieg, um dem Herrn Obristen im Namen aller zu danken und ihn von der Treue und Kriegslust der Besatzung zu versichern. Ferner: daß ich mich am Abende der Kapitulation unter dem Haufen der Offiziere befunden habe, die sich beim Kommandanten einstellten, um zu versuchen, was noch übrigbliebe, um Festung und Ehre zu retten, und daß, nachdem uns die Generale mit eitlen Versprechungen entlassen hatten, ich noch mit vielen im Kaffeehause mich befand, über die Gemeinsache verhandelnd, als mit dem Alarm das Zeichen gegeben ward, daß die Zeit, zu unternehmen, unter Beraten und Beschließen abgelaufen sei, indem die verbreitete Nachricht des Abfalls den Mut der Soldaten in unsinnige Wut verkehrt hatte.

Zu einer tapfern Verteidigung der Festung Hameln hat es nur daran gefehlt; daß einer sich der Führung anmaßte und zum Haupt aufwarf; daß keiner sich unterfangen hat, dieses zu tun, ist ein Vorwurf, der zwar *alle*, aber auch *jeden* nur in dem Maße trifft, als er im Rang und Ansehen hochstand und Kriegsdienstjahre zählte. Ich war ein obskurer Subaltern und, noch mehr, ein Geächteter aus dem Volke des Feindes.

Ich kehre zu der eigenen Sache zurück. Ich habe die Nacht des Aufruhrs, nachdem das Regiment, das vollzählig auf dem Alarmplatz zusammengekommen, nach und nach auseinan- dergegangen war – keiner erteilte Befehl – bei dem Obristen v. N. allein zugebracht, um ihm zum Adjutanten zu dienen, wenn er es bedurfte. Er ward genötigt, sich in das Lazarett zurückzuziehen. Gegen Morgen geleitete ich ihn noch unter dem letzten Schießen nach seiner Wohnung. Nach dem am Tage erfolgten Einmarsch der Holländer und der gänzlichen Auflösung der Unsrigen habe ich keinen Anstand genommen, das Kartell anzunehmen, habe mich auf Ehrenwort gefangen gegeben und einen Paß nach Frankreich erhalten.

Endlich aufgefordert: »auf mein Ehrenwort zu erklären, ob ich gegen einen Offizier des Regiments etwas Nachteiliges zu sagen hätte«, gebe ich, der Aufforderung Genüge zu leisten, folgendes mein Gutachten über diejenigen von den Herren Offizieren vom Regiment Oranien, mit denen ich dieselben Kriegsereignisse erlebt habe, und ihr Benehmen ab und verbürge mein Ehrenwort, daß ich, was ich weiß und wie ich es meine, rücksichtslos heraussage.

Ich halte dafür, daß das Benehmen nur zweier Männer einer fernern Prüfung unterworfen werden könne, ja müsse. Diese sind der Herr Obrist von N. und der Herr Obrist von X., zwei Männer, von denen ich während meiner Dienstzeit mehr Gutes als Böses empfangen habe. Die übrigen, in ein gemeinsames Schicksal unabwendbar verwickelt, haben nichts vermocht, als ihre Gesinnung auszusprechen, und sie haben es gesamt nach Möglichkeit schön und kräftig getan. Mein eigenes Bewußtsein spricht sie frei.

Der Herr Obrist von N., Kommandeur des Regiments von Oranien, war vor dem Kriege zum Brigadier der in Hameln stehenden Truppen vom Könige bestellt, durfte vor allem auf das brave Regiment, das er kommandierte, bauen, kein Zweifel erhob sich gegen die ehrenfeste Tapferkeit des Herrn Obristen. Darin traute ihm der Soldat und, wie die Stimmung war, er wäre ihm sonder Anstand durch Feuer und Flammen gefolgt. Hätte sich der Herr Obrist von N. nicht der Gewalt in der Festung bemächtigen können und dem, was geschehen ist, vorbeugen? Hätte er es nicht gesollt? Ist er nicht dem Könige Rechenschaft schuldig über die ihm anvertrauten Truppen, welche selbst nur des Kampfes begehrten? Ich erhebe als Zweifel gegen den Herrn Obristen von N. das, was er *nicht* getan hat. Dagegen ist er nach der Stadt mitgeritten und hat einen Zeugen zu den Verhandlungen der Kapitulation abgegeben.

Der Herr Obrist von X., der sämtliche Forts kommandierte, hatte aus eigenem richtigen Gefühle gelobet, dieselben, auch wenn die Stadt übergehen sollte, zu verteidigen. Die Hoffnungen der Truppen, deren er sicher war, ruhten auf ihm; er hat sie getäuscht, er hat, gewiß vom Machtwort der Generale niedergeschmettert, für diese Forts kapituliert. Was die Offiziere anbetrifft, die späterhin beim Feinde Dienste angenommen, so mag ihre Tat, wenn sie erst erwiesen ist, sie richten.

Schließlich. Ich fürchte nicht, von denen, an die ich das Wort richte, und nicht von denen, die es gleich mir führen, getadelt und widersagt zu werden, wenn ich von dem Grundsatze ausgegangen bin, daß es sonder fernere Rücksicht schmachvoll sei, eine Feste dem Feind zu überantworten und ihm deren Besatzung gefangen zu liefern, wenn noch kein Angriff auf diese Feste geschehen, keine Laufgräben vor derselben eröffnet worden sind, wenn noch zur Stunde keine Hungersnot in ihr herrscht; ja wenn der schwächere Feind die flüchtige Berennung aufgehoben hat, die Bürgerschaft gefaßt und die Besatzung voller Mut ist, und ich brauche nicht auf den Buchstaben des Kriegsreglements Friedrichs mich zu berufen. Mögen denn die Urheber der Kapitulation Hamelns für den neuen Schandfleck, den sie dem deutschen Namen aufgeheftet haben, büßen; wir wälzen die Schuld von uns ab und waschen uns von der Schmach rein.

Ich halte dafür, daß bei gegenwärtigem Ehrengerichte, wie in jeder Ehrensache, der Mann für sein Wort stehen muß; ich begehre also nicht, daß mein Name von meinen Worten getrennt werde.

Dixi
Unterschrift

Über Zensur und Preßfreiheit

1

1828

Das Gedicht, das wir hier mitteilen, war von dem Herrn Verfasser einem der literarischen Blätter bestimmt, die in Berlin erscheinen. Der dortige Zensor hat unserm Blatte diese poetische Gabe zugewandt und ihm zugleich den anziehenden Stoff zu gegenwärtigem Aufsatz geliefert. Der Leser wird nun neugierig in der »Kartenlegerin« nach Stellen spähen, von denen er urteilen könne, ein Zensor habe geurteilt, ihr Erscheinen in den preußischen Landen könne dem Staat und der Monarchie Gefahr bringen. Wir sagen: »ihr Erscheinen in den preußischen Landen«, weil es sich keineswegs handelte, ihr Erscheinen überhaupt zu unterdrücken oder nur zu verhindern, daß sie in Preußen gelesen würden. Der geehrte Zensor wußte ja selbst, was weltkundig ist, und was [wir] hier am unbefangensten mit den Worten eines englischen Torys oder Illiberalen, mit den Worten Walter Scotts in dem Leben Napoleons wiederholen: »Deutschland verdankt von jeher die Wohltat der Preßfreiheit der politischen Einteilung seines Gebietes.«

Aber noch müht sich der Leser, das in der »Kartenlegerin« enthaltene Gift zu entdecken, und müht sich umsonst: wir müssen ihm zu Hülfe kommen. Die Stellen, denen das Imprimatur verweigert wurde, sind: die Zeile des Titels: »Nach Béranger« und die letzte Strophe des Gedichtes:

> »Kommt das grämliche Gesicht,
> kommt die Alte da mit Keuchen,
> Lieb und Lust mir zu verscheuchen,
> eh die Jugend mir gebricht? –
> Ach, die Mutter ist's, die aufwacht, –
> und den Mund zu schelten aufmacht. –
> Nein, die Karten lügen nicht!«

Wir können zur Not einen Sinn darin finden, daß der volkstümliche Liederdichter Frankreichs, den seine Stellung als Vorfechter der

Opposition den Ministern des Königs unbequem und verhaßt macht; daß der übermütige Liebling der Musen und des Volkes, den neuerdings noch ein Richterspruch straffällig befunden hat, in Preußen überhaupt nicht genannt werden dürfe. Der verehrte Zensor mochte befürchten: jede ihm erwiesene, auch eine literarische Ehre, könne von der französischen Regierung mißfällig bemerkt werden und dem Staate, wo solches geduldet werde, in verdrießliche Händel verwickeln. Wie aber finden wir in andern gleichzeitigen Berlinischen Zeit- und Flugschriften den Namen Béranger und andere Lieder von ihm übersetzt und abgedruckt? Nun – es gibt mehrere Zensoren, und die Einsicht jeglichen ist das Maß, nach welchem er die Macht ausübt, womit er vom Staate bekleidet worden ist.

Was die Zeilen des Liedes selbst anbetrifft, wir gestehen, daß, die ihnen widerfahrene Ehre uns ein Rätsel ist, zu welchem, nachdem wir uns vergeblich mit literarischen und illiterarischen, rechtskundigen und gottesgelahrten Freunden darüber beraten haben, wir einen Schlüssel zu finden nicht vermocht haben, und wir legen es unentziffert unseren Lesern vor. Aber dieses Rätsel ist das einzige nicht in seiner Art, das uns die Berliner Zensur zu raten gibt; wir führen beispielsweise ein anderes an: hört! In einem literarischen Aufsatz geschah von einer Weinstube Erwähnung, von einer wirklichen Weinstube, die, wie in Berlin alle Weinschenken, sich selbst in ausgehängtem Schilde Weinstube nennt. Der wachsame Zensor strich aus eigener Machtvollkommenheit das staatsbeführdende Wort *Weinstube* weg. Als ihm darauf die entstandene Lücke beliebig auszufüllen überlassen ward, setzte er: *Weinhandlung* an die Stelle, und so trat, geläutert und unverfänglich, der Aufsatz an das Licht.

Aber nicht den Franzosen Béranger allein, auch den deutschen Dichterfürsten, auch Goethen, trachtete die Berliner Zensur seiner Ehren zu berauben. Den Tages- und literarischen Blättern ward es eine lange Zeit hindurch strenge verwehrt, von den Festen, zu denen der Geburtstag des Altmeisters deutschen Gesanges Veranlassung zu geben pflegt, irgendeine Erwähnung zu tun. Sein Name sollte, wo nicht ganz unterdrückt, doch möglichst vermieden werden. Und erst als in den öffentlichen Blättern Berlins gedruckt zu lesen stand: der König Ludwig von Bayern habe Goethen einen Besuch abgestattet, schien der über ihn verhängte Verruf einige

Linderung zu erleiden. Aber die Namen Béranger und Goethe sind die einzigen nicht, die auszusprechen die Sicherheit des Staates zu befährden scheint. Ein anderer, ein bedrohlicherer Name verschwand eine lange, lange Zeit hindurch aus den Berliner Zeitungen, literarischen und Unterhaltungsblättern. Dieser Name, wir werden ihn nennen, und selbst Berliner Zeitungen nennen ihn jetzt wieder, – dieser Name – Hört! Hört! – dieser Name heißt: *Oberon, König der Elfen.*

Zugunsten des Königstädter Theaters (bekanntlich eine Privat-Unternehmung) besteht eine Zensur-Verordnung des Gehaltes: daß von keinem Stücke, das auf den königlichen Bühnen aufgeführt wird, vor der dritten Vorstellung in öffentlichen Blättern die Rede sein darf. – Woher diese gegen die königlichen Schauspiele gerichtete Zwangsmaßregel? Diese Parteilichkeit für die Königstädter Bühne?

Wenn in Frankreich, im Wogendrange aufgeregter Parteien, die apostolische Faction nach der Gewalt ringt, den Gesetzen des Landes bald stumm, bald offenkundig widersagt, das Reich der Willkür wiederherzustellen strebt; wenn dort die Faction, meinen wir, den Mund der öffentlichen Meinung stumm, das Auge der Vorsehung (nach dem in England üblichen Bilde) blind zu machen, die Presse zu unterdrücken strebt und die Zensur begehrt, um sie selber auszuüben, so hat dieses allerdings einen Sinn, einen schwer gewichtigen Sinn. Aber in Preußen, unter einer gerechten, väterlichen, in vielfachem Betracht großsinnigen Regierung, die als solche der Regierte allgemein anerkennt, ehrt und liebt, was will noch da die Zensur? – Was kann die preußische Regierung vermögen, sich länger für Albernheiten des bezeichneten Schlages verantwortlich zu erklären? – Es preßt sich der fromme vertrauende Ausruf aus unserer tiefsten Brust: si le roi le savoit!

Wenn bald einem unschuldigen Wort, bald einem arglosen Wort das Imprimat versagt wird, finden diese Rätsel ihre Lösung in der Lust der Willkür oder in der Querköpfigkeit der kleinen Tyrannen, denen sie zu üben gestattet wird. Zensoren leben von ihrem Amte, und der Beamte in Preußen will sein Amt nicht als Sinecur verwalten, er will tätig sein, dartun, daß er tätig ist. Unter den gegebenen Umständen ist das unerklärliche Rätsel die Fortdauer der Zensur selbst. Deutsch- land genießt die Wohltat der Preßfreiheit, und offenkundig ist das einzige Ergebnis der Zensur, die Industrie des Inlandes zugunsten des Auslandes zu untergraben, Buchdruckerei und Buchhandel mehr und mehr über die Grenzen zu verscheuchen, heimische literarische Unternehmungen der Fremde zuzuweisen, die in Berlin erscheinenden öffentlichen Blätter ihrer Abonnenten zu berauben, und sie fremden, mehr begehrten Blättern zuzuwenden, und sie selbst entweder zu ertöten oder endlich zum Auswandern zu zwingen.

Dürfte nicht das Fortbestehen dieses aus abgeflossenen Zeiten ererbten, jetzt nur widersinnigen und verderblichen Instituts in etwas durch den väterlichen Sinn einer Regierung erklärt werden, die überall das Recht schützt, den Besitz ehrt und Anstand nimmt, Beamte, ohne wider sie erfolgten Urteil und Spruch, aus den Verhältnissen zu entfernen, denen sie ihren Lebensunterhalt verdanken? Wäre dem also, müßten wir die Gesinnung verehren, die Unersprießliches aufrechterhält, aber doch ein Abkommen vorschlagen, bei dem die allgemeine Wohlfahrt ohne Beeinträchtigung des Privatinteresses gefördert würde. Buchhändler, Buchdrucker und Autoren würden sich gerne vereinigen, den außer Tätigkeit tretenden Zensoren ein Ruhestands-Gehalt zu sichern, das sie vollkommen entschädigte. Der Preßzwang, der über unsere Nachbaren besteht, verspricht unser Blatt mit schätzbaren Beiträgen zu bereichern und dessen Absatz auf Kosten des dort erscheinenden zu fördern. Wir reden nicht aus Eigennutz, wenn wir die Zensur bekämpfen. Die Macht der Presse ist in der Welt der europäischen Gesittung stärker geworden als aller Zwang; sie dient, wo Rechtlichkeit die Herrschaft führt, und empört sich nur, wo das Unrecht obwaltet; ihren eigenen Ausschweifungen, die nicht geleugnet werden sollen, vermag nur sie allein Einhalt zu tun. Sie besteht durch sich selbst, wie das junge Amerika; an der Zeit ist es, sie anzuerkennen. Unseres Erachtens geschieht in Preußen, durch die Art, wie dort die Zensur ausgeübt wird, mehr für die Sache der Preßfreiheit als anderswo durch die Schutzreden, die ihr gehalten werden. So Widersinniges kann zu unserer Zeit nicht von Bestand sein.

2

um 1834

Bei der Zensur, wie sie zur Zeit besteht, machen sich die Regierungen selbst für die Unterbeamten verantwortlich, durch welche sie sie ausüben lassen. – Verantwortlich für alles, was unter ihrem Schirm gedruckt wird, verantwortlich für alles Gehässige und Alberne, was jene Unterbeamten bei Ausführung ihres Amtes verschulden; und da schreit das sich anhäufende Jämmerliche und Lächerliche so laut, daß unnötig wird, über einmütig Anerkanntes ein Wort mehr zu verlieren.

Und dennoch möchte jeder Redlichgesinnte wünschen, daß den Regierungen eine väterliche verständige Beaufsichtigung der Presse möglich gemacht und gesichert werde, auf daß das Bestehende gegen feindliche Angriffe geschützt werde, durch welche eine unbesonnene Umwälzungssucht dessen zeitgemäße ruhige Fortentwicklung stört und gefährdet.

Aber ist denn der Zweck nur auf dem Wege der verrufenen präventiven Zensur zu erreichen, welche doch immer nur von Menschen, und zwar von untergeordneten Menschen, gehandhabt wird, welche, zu keiner Selbsttätigkeit in der Literatur befähigt, sich zu Beaufsichtigern des Gedankens verdingen? Ich bin der Meinung nicht.

Sprecht jedem Beamten, Gelehrten und Bürger, dessen Stellung im Staate eine hinreichende Bürgschaft für seine Anhänglichkeit an das Bestehende gewährt, das Recht zu, unter seiner persönlichen vollen Verantwortlichkeit vor dem Gesetz, was er schreibt, drucken zu lassen.

Das Gesetz hat die Kategorien derer, die dieses Rechtes teilhaftig sind, bestimmt abzugrenzen. Wer in dieselben nicht gehört, Einheimischer oder Auswärtiger, hat selbst sich seinen Zensor unter den Berechtigten zu suchen, von denen einer für seine Schrift bei Nennung des eigenen Namens die persönliche volle Verantwortlichkeit vor dem Gesetze übernehmen muß. Somit höre denn jede Anonymität und Pseudonymität auf. Der Verleger oder Drucker einer sträflichen Schrift, bei welcher den obigen Bestimmungen nicht genügt worden, hat außer den Strafen, die ihn treffen können, sein Verlagsrecht oder Patent verwirkt.

Bei so bestallter Oligarchie würde dem Unfug der Presse vorgebeugt werden, und gleichzeitig möchten verschärfte Strafbestimmungen ihre Verirrungen bedrohn.

Über Preßvergehen oder Verbrechen gegen Personen, durch welche deren Ehre, Rechte oder Eigentum gefährdet werden kann und gegen welche die Zensur nie geschützt hat, haben die Gerichte auf die Klage der Beteiligten zu sprechen. Die Veröffentlichung einer Injurie durch den Druck erschwert deren Straffälligkeit, und in höherem Grade, wenn ihr die periodische Presse zum Organ gedient hat. Dem allen wird das Gesetz vorgesehen haben.

Aber das Gefährliche oder Straffällige einer Schrift, welche wider die gesellige Ordnung, die öffentliche Moral, die Religion oder den Staat ankämpft, liegt nicht sowohl in vereinzelten Worten oder Sätzen, dergleichen man selbst aus den heiligen Büchern herausheben könnte, als vielmehr in der allgemeinen Tendenz derselben, und da scheint mir das Delikt so absonderlicher Natur zu sein, daß es einer das öffentliche Gewissen vertretenden Jury überlassen bleiben müßte, dasselbe zu konstatieren und darüber durch ein begründetes, der öffentlichen Meinung dargebotenes Urteil das »Schuldig« in dem oder dem Grade auszusprechen. Dem Richter bliebe nur vorbehalten, auf den Grund eines solchen Verdikts die Anwendung des Buchstabens des Gesetzes zu verfügen. Inwiefern die Universitäten etwa als natürliche Jury in Angelegenheiten der Presse zu betrachten seien oder auch Hausväter und Staatsbürger von Ansehn und Autorität zu dem geschworenen Gerichte zu ziehen sein möchten, lasse ich in diesen flüchtigen Andeutungen unerörtert.

In Hinsicht der periodischen Presse dürften die Bürgschaften erschwert und die Strafbestimmungen verschärft werden. Das Privilegium einer Zeitschrift, deren Tendenz durch Urteil und Spruch nur getadelt worden, müßte erlöschen. In Hinsicht der einzelnen Artikel würde der Nachweis der Quelle, aus welcher sie entlehnt worden, oder die Namensunterschrift ihrer Verfasser die Verantwortlichkeit der Redaktion erleichtern. Die Regierung zuerst dürfte die Mitteilungen, die sie den Regierten zu machen, die Aufklärungen, die sie ihnen zu geben beliebt, nicht verleugnen, und da sollten die betreffenden Artikel als von den Ministerien, die sie geliefert haben, herrührend bezeichnet werden. Mit der in dieser Hinsicht hergebrachten Halbheit würde ein arger Übelstand aufhören, und man könnte nicht mehr in einem halboffiziellen Blatte die Aussprüche einer neu aufsprießenden Schule, die morgen ein schwerer Bann treffen wird, mit der Meinung der Regierung verwechseln.

Die Leihbibliotheken und öffentlichen Lese-Institute müßten einer verschärften polizeilichen Aufsicht unterworfen werden und das Verleihen oder Auslegen eines gerichtlich getadelten Werkes mit dem Verluste der Privilegii verknüpft sein.

Da, wo zwischen Regierenden und Regierten Friede und Zutrauen herrscht, würde, meine ich, die öffentliche Meinung die vorgeschlagenen Einrichtungen bekräftigen und unterstützen; da aber, wo zwischen ihnen Krieg ist und Mißtrauen, da weiß ich nicht zu raten.

Übrigens schweben mir die Worte des Tory Walter Scott im »Leben Napoleons« allezeit vor: »Deutschland verdankt von jeher der politischen Zerstückelung seines Gebietes die Wohltat der Preßfreiheit.« Nun aber gilt, was er von Deutschland sagt, von der gesamten gesitteten Welt.

Gedichte von Ferdinand Freiligrath

Stuttgart und Tübingen. Cottasche Buchhandlung. 1838

Diese im Jahre 1836 veranstaltete Sammlung ist jetzt erst erschienen, und während sie uns die Verlagshandlung vorenthalten hat, haben die in Taschenbüchern und Tageblättern zerstreuten Gedichte Freiligraths so allgemeine Anerkennung gefunden, daß eine bloße Anzeige des Buches die Beurteilung und Anpreisung desselben überflüssig macht. Es ist erfreulich, daß in unserer Zeit, wo, wie im politischen Leben der Völker, so auch in Wissenschaft und Kunst, die Massen teil an der allgemeinen Bewegung nehmen, die zu leiten sonst einzelnen Hochgestellten vorbehalten war, sich doch der gottbegabte Dichter Bahn bricht und von seiner Nation gewürdigt wird.

Allerdings habent sua fata libelli; allerdings können die Umstände den Dichter begünstigen. Auf die Frau von Staël und auf Byron zogen schon ihr Name und ihre Stellung die Augen der Welt; aber nicht minder als ihnen ist dem Sohne seiner Lieder, Béranger, ein europäischer Ruf zuteil geworden, und die Schriften von Lucien und Joseph Bonaparte sind unbeachtet untergegangen. Parteien und Koterien mühen sich vergebens, ihre gekürten Günstlinge mit falschem Purpur zu bekleiden; wird auch diesen Afterfürsten die Aufmerksamkeit eines Tages zugewendet, rächt sich doch bald an ihnen der Hohn, und die Nacht der Vergessenheit schließt sich über ihnen zu.

Die Kunst, die Blüte des Volkslebens, muß in ihm lebendige Wurzeln haben und sich darüber erheben, um wiederum auf dasselbe einzuwirken. Seiner Volkstümlichkeit verdankt Béranger die Dichterkrone. Horace Vernet ist der Béranger der Malerei. Beiden vergleichbar bei entschiedener Verschiedenartigkeit der Volkstümlichkeit und Eigentümlichkeit, hat sich unter unsern jüngern Dichtern Anastasius Grün die Vorliebe Deutschlands erworben. Sein Gesang hallt in alle geselligen Fragen, die die Zeit anregt, und den, der seiner Zeit genug getan, wird die Nachwelt nicht vergessen. Lenau hat mit kräftiger Individualität sich bald bemerkbar gemacht. Freiligrath, an Eigentümlichkeit, Ursprünglichkeit, Kraft und Fülle der Poesie keinem nachstehend, hat ohne Fürsprache durch die bloße Macht seines Gesanges die Aufmerksamkeit, die er verdient, erzwungen.

Wenn unter den neueren Dichterwerken »Wieland der Schmied« von Simrock die allgemeine Teilnahme nicht erweckt hat, die er mir zu verdienen scheint, so ist es wohl dem Umstand zuzuschreiben, daß diese Dichtung, sich dem Sagenkreis der Nibelungen anreihend, in die Gegenwart nicht eingreift und die geschäftige Zeit an einem Kunstwerk größeren Umfangs vorübereilt, das sie der Gelehrsamkeit überweisen zu können glaubt. Wenn unter älteren Dichtern Trinius unbeachtet geblieben ist und seine »Wilhelms-Schlucht« nicht genannt wird, so rührt es daher, daß dieses Dichterwerk zwar gedruckt (Dramatische Ausstellungen von K. B. Trinius, Berlin 1820), aber nicht angezeigt worden ist: man hat es nicht mißachtet, aber dessen Dasein wirklich nicht erfahren.

Wie zu Schillers Zeit die kräftige Eigentümlichkeit dieses Dichters vielen Nacheiferern zum Vorbild diente, wie in unsern Tagen Heines Sangesweise vielfachen Widerhall geweckt hat, also beginnt auch Freiligraths Einwirkung in der deutschen Lyrik bemerkbar zu werden. Nachahmer suchen sich die Vorteile seiner Technik anzueignen und studieren sich in seine Manier ein, während andere von seinem Geiste befruchtet werden. Ich werde selbst an manchem meiner neueren Lieder diese Einwirkung gewahr.

Die hier besprochene Sammlung ist »den Dichtern Adelbert von Chamisso und Gustav Schwab« gewidmet. Es hat bereits ein Gedicht, in welchem Freiligrath meinen Namen genannt hat, zu der Bemerkung verleitet: er suche auf diese Weise sich beliebt zu machen. Ich glaube diese Beschuldigung, zu welcher ich die Veranlassung gewesen bin, zurückweisen zu dürfen. Allerdings hat sich Freiligrath bei mir beliebt gemacht; zuerst, wie bei allen Freunden der Poesie, durch den Reichtum und die Fülle seiner Ader, durch die Ursprünglichkeit und Gewalt seines Gesanges. Also nahm ich (1835) in den deutschen Musen-Almanach, der hauptsächlich dazu bestimmt sein soll, solchen Dichtern Eingang zu verschaffen, die ersten Gedichte, die ich von Freiligrath sah, mit einer Freude auf, die mir selten in gleichem Maße zuteil geworden ist. Ich habe in der Folge aus seinen Liedern auch den Sänger persönlich schätzen und lieben gelernt, den liebwerten, bescheidenen, fremdem Verdienst begeistert huldigenden Sänger, der nicht sich nur vergöttern will, nicht sich nur in der Dichtung liebt, sondern unbedingt unbefangen Flammen fängt, sobald ihm der Funke der Poesie entgegensprüht.

Ich überlasse es anderen, Freiligrath mit Platen von Hallermünde, dem er nach dessen Tode einen Lorbeerkranz geflochten hat, zu vergleichen. – Man schlage in der Sammlung die Gedichte nach: »ΟΔΥΣΣΕΥΣ«, S. 207; »Der ausgewanderte Dichter«, S. 234; »Bei Grabbes Tod«, S. 351 u. a. m.

Was aber Freiligrath vermocht hat, die Zuneigung, die er mir eingeflößt, zu erwidern, will ich aufdecken. Ich habe mich veranlaßt gefunden, in vertrauter Mitteilung den jungen Dichter auf Abwege aufmerksam zu machen, welche einzuschlagen er verleitet werden könnte, und habe gegen ihn über Gedichte, die er später unterdrückt hat, den schärfsten Tadel, den je die Kritik hätte ergießen können, schonungslos ausgesprochen.

Daher die gerügte, mir schmeichelhafte Stelle jenes Gedichts, daher mein Name vor der Sammlung seiner Lieder.

Über tredition

Eigenes Buch veröffentlichen

tredition wurde 2006 in Hamburg gegründet und hat seither mehrere tausend Buchtitel veröffentlicht. Autoren veröffentlichen in wenigen leichten Schritten gedruckte Bücher, e-Books und audio-Books. tredition hat das Ziel, die beste und fairste Veröffentlichungsmöglichkeit für Autoren zu bieten.

tredition wurde mit der Erkenntnis gegründet, dass nur etwa jedes 200. bei Verlagen eingereichte Manuskript veröffentlicht wird. Dabei hat jedes Buch seinen Markt, also seine Leser. tredition sorgt dafür, dass für jedes Buch die Leserschaft auch erreicht wird.

Im einzigartigen Literatur-Netzwerk von tredition bieten zahlreiche Literatur-Partner (das sind Lektoren, Übersetzer, Hörbuchsprecher und Illustratoren) ihre Dienstleistung an, um Manuskripte zu verbessern oder die Vielfalt zu erhöhen. Autoren vereinbaren direkt mit den Literatur-Partnern die Konditionen ihrer Zusammenarbeit und partizipieren gemeinsam am Erfolg des Buches.

Das gesamte Verlagsprogramm von tredition ist bei allen stationären Buchhandlungen und Online-Buchhändlern wie z. B. Amazon erhältlich. e-Books stehen bei den führenden Online-Portalen (z. B. iBookstore von Apple oder Kindle von Amazon) zum Verkauf.

Einfach leicht ein Buch veröffentlichen: **www.tredition.de**

Eigene Buchreihe oder eigenen Verlag gründen

Seit 2009 bietet tredition sein Verlagskonzept auch als sogenanntes "White-Label" an. Das bedeutet, dass andere Unternehmen, Institutionen und Personen risikofrei und unkompliziert selbst zum Herausgeber von Büchern und Buchreihen unter eigener Marke werden können. tredition übernimmt dabei das komplette Herstellungs- und Distributionsrisiko.

Zahlreiche Zeitschriften-, Zeitungs- und Buchverlage, Universitäten, Forschungseinrichtungen u.v.m. nutzen diese Dienstleistung von tredition, um unter eigener Marke ohne Risiko Bücher zu verlegen.

Alle Informationen im Internet: **www.tredition.de/fuer-verlage**

tredition wurde mit mehreren Innovationspreisen ausgezeichnet, u. a. mit dem Webfuture Award und dem Innovationspreis der Buch Digitale.

tredition ist Mitglied im Börsenverein des Deutschen Buchhandels.

Dieses Werk elektronisch lesen

Dieses Werk ist Teil der Gutenberg-DE Edition DVD. Diese enthält das komplette Archiv des Projekt Gutenberg-DE. Die DVD ist im Internet erhältlich auf **http://gutenbergshop.abc.de**

Zeitfracht Medien GmbH
Ferdinand-Jühlke-Straße 7
99095 Erfurt, Deutschland
produktsicherheit@kolibri360.de